BOOKS BY FRANCE DUBIN

I0533491

- Meurtre rue Saint-Jacques
- Meurtre avenue des Champs-Élysées
- Meurtre à Montmartre
- Meurtre au château
- Meurtre à Noël
- Meurtre en Provence
- Merde, It's Not Easy to Learn French
- Merde, French is Hard... but Fun!
- Merde, I'm in Paris!
- Petit déjeuner à Paris
- Déjeuner à Paris
- Dîner à Paris
- Une famille compliquée

Visit her author page at francedubin.com.

MEURTRE EN PROVENCE

A MURDER MYSTERY IN EASY FRENCH

PETITS MEURTRES FRANÇAIS

FRANCE DUBIN

ISBN: 978-1-960003-99-7 (paperback)
978-1-960003-98-0 (e-book)

20250316

ACKNOWLEDGMENTS

Je voudrais remercier mon mari Joe Dubin, Stewart Cook, Geri LaJoie, Julie Romens, et tous mes étudiants.

INTRODUCTION

I hope you enjoy this book! I also recommend the companion audiobook version so you can learn how to pronounce this beautiful language correctly. For information on where to buy the audiobook, visit my website at francedubin.com. Merci beaucoup et bonne lecture !

France Dubin

francedubinauthor@gmail.com
facebook.com/FranceDubinAuthor
Instagram: @books.in.easy.french

MEURTRE EN PROVENCE

L'histoire se passe dans un petit village de Provence.

J'ai utilisé dans ce livre quelques expressions typiques du sud de la France. Ces expressions sont écrites en italique.

CHAPITRE I

Je veux aller en France, mais je n'ai plus d'argent ! Mon compte en banque est complètement vide !

La bibliothèque est vide aussi. C'est un peu triste. Les gens lisent de moins en moins de livres. Quand ils viennent à la bibliothèque, c'est souvent pour se connecter au wifi et regarder des vidéos sur leur téléphone portable.

Les portes automatiques en verre de la bibliothèque s'ouvrent brusquement. Un nuage de Chanel numéro 5 entre dans la bibliothèque.

- Bonjour madame Dubois ! je dis. Comment allez-vous ce matin ?

- Bonjour Alice. Je vais très bien. Et comment va ma bibliothécaire préférée ? me demande-t-elle.

- J'ai la banane, je lui dis.

« J'ai la banane » signifie « je vais très bien. Je suis en pleine forme. » C'est une expression que j'ai apprise récemment avec ma professeure de français.

Madame Dubois porte une robe bleue avec une jolie ceinture blanche. Cette femme est toujours très bien habillée. Elle a environ 70 ans. Elle est française. Elle est née à Antibes dans le sud de la France, mais elle habite depuis 30 ans à Houston au Texas.

- Vous n'êtes pas avec Charlie aujourd'hui ? je lui demande.

Charlie est le chien de madame Dubois. Elle lui a donné ce nom après l'attentat terroriste de Charlie Hebdo, un magazine français. Charlie est un gentil Yorkshire. Il est toujours très calme. Souvent, il accompagne madame Dubois à la bibliothèque. Si je suis disponible, je m'occupe de lui pendant que sa maîtresse choisit un livre.

- Charlie est resté à la maison avec Robert, dit-elle. Il y a du tennis à la télévision. Il adore regarder ce sport. Je pense qu'il est intéressé par la balle jaune.

J'aime beaucoup madame Dubois. Quand elle vient à la bibliothèque, nous parlons français ensemble.

Madame Dubois pose un magazine sur mon bureau.

- Vous le voulez, Alice ? C'est un magazine français. Je viens de le terminer.

- Avec plaisir. Merci beaucoup, madame Dubois.

EXERCICE DU CHAPITRE 1

Alice aime lire en français. Madame Dubois le sait et elle apporte à Alice un magazine français.

Pouvez-vous trouver la traduction de ces mots ?

1. Un hebdomadaire
   a. a magazine about dromedaries
   b. a magazine published weekly

2. Un abonnement
   a. a subscription
   b. an abandonment

3. Un sommaire
   a. a table of contents
   b. a summary

4. Feuilleter un magazine
   a. leaf through a magazine
   b. remove pages from a magazine

5. Une feuille de chou
   a. a cabbage leaf
   b. a worthless newspaper

CHAPITRE 2

L e magazine que madame Dubois m'a donné s'appelle *30 millions d'amis*. C'est un magazine sur les animaux de compagnie : les chiens, les chats, les oiseaux, les poissons et même les hamsters.

Sur la couverture, il y a un chaton gris avec de grands yeux verts. Il est splendide. J'aimerais bien avoir un petit chat comme celui-là, mais ce n'est pas possible. Je travaille toute la journée à la bibliothèque. En plus, j'aime être libre et pouvoir voyager quand je veux.

J'ouvre le magazine et je commence à le feuilleter. De la page 2 à la page 5, il y a des publicités.

Page 6, j'apprends comment dresser un chien et lui enseigner ces quatre commandes : Assis. Couché. Apporte. Laisse.

Page 27, le journaliste donne la liste des meilleures cliniques vétérinaires de France.

Page 34, je lis comment couper facilement les griffes de son chat.

Page 45, il y a un article sur les astuces pour rafraîchir son animal de compagnie quand il fait chaud l'été, pendant une vague de chaleur par exemple.

Page 52, je comprends que les chiens et les chats peuvent, comme les hommes et les femmes, être dépressifs.

Et à la fin du magazine, je trouve deux pages de petites annonces.

J'adore lire les petites annonces. Elles sont souvent amusantes.

En voici quelques-unes :

1. Je cherche une personne pour s'occuper de mon cheval pendant le mois de septembre. Nous habitons en Normandie. Mon cheval est très gentil.

Si vous êtes intéressé, écrivez à : moncanasson@gmail.com.

2. Je vends une grande cage à oiseaux de quatre mètres de hauteur. Le prix est 98 euros. Possibilité de négocier. Très bon état.

Si vous êtes intéressé, écrivez à : legrandpiou-
piou@gmail.com.

3. Je vends des poules. Le prix est de 10 euros pour une
poule en parfaite santé et de 5 euros pour une poule un
peu malade.

Si vous êtes intéressé, écrivez à : monpoussin@gmail.com.

4. Je cherche une personne pour s'occuper de mon chien
Jean-Baptiste et de ma maison pendant dix jours en juillet.
Logement chez moi. J'habite en Provence. Le salaire est de
50 euros par jour.

Si vous êtes intéressé, écrivez à : letoutou@gmail.com.

5. Je suis un éleveur de chats birmans et j'aimerais rencon-
trer une éleveuse de chats persans pour une relation
d'amitié ou plus si possible.

Si vous êtes intéressée, écrivez à : lecalin@gmail.com.

Ces annonces sont vraiment intéressantes, surtout la
quatrième...

EXERCICE DU CHAPITRE 2

Alice lit le magazine 30 millions d'amis. C'est un magazine intéressant sur les animaux de compagnie. On y apprend beaucoup de choses.

Savez-vous le nom des bébés de ces animaux ?

1. Un bébé chat s'appelle
   a. un chamois
   b. un chaton
2. Un bébé chien s'appelle
   a. un chiot
   b. un choix
3. Un bébé cheval s'appelle
   a. un chevalet
   b. un poulain
4. Un bébé poule s'appelle
   a. un coussin
   b. un poussin
5. Un bébé vache s'appelle
   a. un veau
   b. un seau
6. Un bébé grenouille s'appelle
   a. un têtard
   b. un fêtard

CHAPITRE 3

Je lis la quatrième annonce une deuxième fois.

4. Je cherche une personne pour s'occuper de mon chien Jean-Baptiste et de ma maison pendant dix jours en juillet. Logement chez moi. J'habite en Provence. Le salaire est de 50 euros par jour.

Si vous êtes intéressé, écrivez à : letoutou@gmail.com.

Et pourquoi cela ne serait pas moi ? J'aime les chiens. Je pourrais m'occuper de Jean-Baptiste sans problème.

C'est la solution idéale pour aller en France pour pas trop cher. Je serais logée gratuitement chez cette personne et en plus je pourrais payer une bonne partie du billet d'avion avec le salaire de 50 euros par jour.

Cela peut fonctionner. J'en suis certaine.

Je note sur une feuille de papier toutes les questions que je veux poser au propriétaire du chien Jean-Baptiste.

1. Où habitez-vous exactement ?
2. Quel âge a votre chien ?
3. Votre chien est de quelle race ?
4. Qu'est-ce que votre chien mange ?
5. Est-ce qu'il faut le promener plusieurs fois par jour ?
6. Votre chien est-il gentil ? Est-il bien dressé ?
7. Est-ce que votre chien mord ?
8. Est-ce qu'il y a des choses à faire dans la maison à part s'occuper du chien ? Le ménage ? Tondre le gazon ?

Plus je réfléchis, plus je pense que cela serait la solution parfaite pour moi.

Je décide d'écrire un e-mail immédiatement.

Bonjour,

J'ai lu votre annonce dans le magazine 30 millions d'amis. Je suis très intéressée. Je m'appelle Alice Hunt et j'adore les chiens. J'habite à Houston

au Texas, mais je peux venir en France
sans difficulté. Je travaille dans une
bibliothèque depuis plus de 10 ans. Je
suis très patiente et très bien organisée. J'ai l'habitude de m'occuper de
chiens. Jean-Baptiste sera entre de
bonnes mains avec moi. Je peux vous
donner des références si vous le souhai-
tez. N'hésitez pas à me contacter si
vous avez des questions.

Merci et excellente semaine,

Alice Hunt

Je relis mon message. J'ai un peu exagéré avec « j'ai
l'habitude de m'occuper de chiens », mais je pense que
madame Dubois acceptera d'être ma référence si je le lui
demande.

Je croise les doigts et j'envoie mon message.

EXERCICE DU CHAPITRE 3

Alice a répondu à la petite annonce dans le magazine *30 millions d'amis*. Elle croise les doigts. Elle va peut-être être choisie pour garder un chien dans le sud de la France. Alice a beaucoup de questions pour la propriétaire du chien.

Voici 5 réponses. Pouvez-vous trouver la bonne question à ces réponses ?

1. Elle habite au Texas.
   a. Où habite-t-elle ?
   b. Pourquoi mon Dieu habite-t-elle au Texas ?

2. Elle travaille à la bibliothèque depuis plus de 10 ans.
   a. Est-ce qu'elle travaille à la bibliothèque depuis qu'elle est une enfant ?
   b. Depuis combien de temps travaille-t-elle à la bibliothèque ?

3. Oui, Alice cherche une solution pour voyager sans trop dépenser d'argent.
   a. Est-ce qu'Alice veut voyager à n'importe quel prix ?
   b. Est-ce qu'Alice fait attention à son argent quand elle voyage ?

4. Il y a des petites annonces dans le magazine *30 millions d'amis.*

    a. Le magazine *30 millions d'amis* est-il une feuille de chou ?

    b. Est-il possible de mettre une annonce dans le magazine *30 millions d'amis* ?

5. Alice a écrit un e-mail pour répondre à une petite annonce.

    a. Pourquoi Alice a-t-elle répondu à une petite annonce ?

    b. Comment Alice a-t-elle répondu à une petite annonce ?

CHAPITRE 4

L e lendemain matin j'allume mon ordinateur et je vois que j'ai reçu une réponse de letoutou@gmail.com. Je ne le lis pas tout de suite, car je suis certaine que la réponse est négative.

Je me prépare tranquillement un thé. Ensuite seulement, je m'assieds devant mon ordinateur et je clique sur le message.

Je commence à le lire.

Chère madame Hunt,

Merci pour votre réponse. J'ai lu attentivement votre e-mail. Je pense que vous êtes parfaite pour vous occuper de mon chien Jean-Baptiste. Je cherche une personne, comme vous, organisée et patiente. Si vous êtes d'accord, je vous offre le boulot. J'habite dans un très joli village en Provence. Envoyez-moi un message pour me dire si vous acceptez.

Bonne journée,

Marie Daguerre

Je n'en crois pas mes yeux. C'est incroyable. C'est moi que cette femme a choisie pour s'occuper de son chien. Je vais aller en Provence ! Je peux déjà sentir la lavande !

Je lui envoie immédiatement une réponse :

Bonjour madame Daguerre,

Merci beaucoup pour votre confiance. J'accepte votre offre avec plaisir. Vous pouvez partir tranquillement. Je vais bien m'occuper de votre chien Jean-Baptiste. Est-ce que vous pouvez me communiquer les dates exactes ?

Bonne semaine,

Alice Hunt

Je relis une dernière fois mon e-mail et je l'envoie.

J'ai à peine le temps de finir ma tasse de thé que je reçois une réponse.

Bonjour Alice,

Les dates sont du 18 au 29 juillet. J'espère que vous êtes disponible pendant ces dates. J'habite dans un petit village entouré de champs de lavande. Le village s'appelle Saint-Christol. L'aéroport le plus proche est l'aéroport de la ville de Montpellier.

Mon adresse est : 72 rue de la Poste, 84390 Saint-Christol, France.

À bientôt. - Marie

EXERCICE DU CHAPITRE 4

Alice est une personne bien organisée. Est-ce que vous l'êtes aussi ?

Mettez les mois de l'année dans le bon ordre.

____ : août

____ : octobre

____ : février

____ : juillet

____ : décembre

____ : mars

____ : novembre

_1__ : **janvier**

____ : avril

____ : mai

____ : juin

____ : septembre

CHAPITRE 5

10 SEMAINES PLUS TARD

J e commence à faire ma valise. J'emporte deux pantalons, trois t-shirts, une robe, un maillot de bain, une paire de sandales et deux pulls légers. Je pense qu'il peut faire chaud la journée dans le sud de la France, mais il peut faire froid pendant la nuit.

J'ai imprimé mon itinéraire. J'ai trouvé des billets pas trop chers. Je prends l'avion de Houston à Montpellier avec une première escale de huit heures à Atlanta et une deuxième escale de 6 heures à Amsterdam. C'est un long voyage !

La semaine dernière, j'ai mis mon billet sur la porte de mon frigo. À chaque fois que je passe devant, je peux le lire et me dire que ce voyage est bien réel. J'ai de la chance de partir en France. Je vais en Provence. C'est une région que je ne connais pas. Je vais voir des champs de lavande et manger de la ratatouille en buvant du rosé. Le paradis !

Liz, ma voisine, m'a demandé si je n'ai pas peur d'aller chez une personne que je ne connais pas. Elle oublie que je suis bibliothécaire. Je sais faire des recherches. Les gens n'ont pas beaucoup de secrets pour moi.

Voici les infos que j'ai trouvées sur la propriétaire de la maison du 72 rue de la Poste :

Marie Daguerre a 38 ans. Elle n'a pas d'enfant. Elle n'est pas mariée. Elle ne travaille pas et elle n'a jamais travaillé. Ses parents sont les riches propriétaires de plusieurs restaurants à Saint-Tropez et à Nice. Marie Daguerre déteste la malbouffe. D'ailleurs, elle a signé plusieurs pétitions contre l'installation d'un restaurant McDonald's dans la ville de Saint-Christol.

J'ai fait aussi quelques recherches sur le village de Saint-Christol. Les voici :

Saint-Christol est un village de 1378 habitants. Le maire de la commune est socialiste. Le village est célèbre pour ses champs de lavande. Le climat est un climat méditerranéen. Les étés sont chauds et secs, mais peuvent être entrecoupés d'orages violents.

Dans le village, il y a un bureau de poste, un petit café qui s'appelle Le Mistral, une église et une bibliothèque ouverte seulement le matin.

Passer dix jours dans un petit village en Provence va être une expérience complètement différente pour moi. Je suis habituée à Paris avec ses voitures, ses musées et ses restaurants. J'espère que je ne vais pas m'ennuyer. Ce village paraît si calme.

EXERCICE DU CHAPITRE 5

Le village de Saint-Christol a un climat méditerranéen. Il fait chaud l'été et il fait doux l'hiver.

Voici quelques expressions climatiques. Est-ce que ces expressions utilisent le verbe « faire » ?

Ajoutez le verbe faire si c'est nécessaire.

1. Il _____ du vent.
2. Il _____ neige.
3. Il _____ soleil.
4. Il _____ pleut.
5. Il _____ froid.
6. Il _____ beau.
7. Il _____ grêle.

CHAPITRE 6
EN FRANCE

Après plusieurs heures en avion, je suis enfin à Montpellier dans le bus numéro 7295 direction le village de Saint-Christol.

- Bonjour monsieur, je dis au chauffeur. Je voudrais un billet pour Saint-Christol.

L'homme ne bouge pas. Il est immobile. Il ne tourne pas la tête dans ma direction. Il fixe l'horizon devant lui. Je m'approche un peu plus de lui et je lui touche le bras.

- Bonjour monsieur, je répète. Je voudrais un billet pour le village de Saint-Christol.

Il tourne lentement la tête vers moi. Il a de petits yeux verts et un grand menton. Il me fait penser à un alligator que l'on trouve à Houston. Il porte un t-shirt trop petit qui laisse voir un peu de son ventre.

- Cinq euros, dit-il d'une voix monotone.

Je lui donne 5 euros.

Il regarde mon billet et il me fait signe de monter dans le bus.

- Est-ce que vous pouvez me dire quand il faut descendre ? Je ne connais pas le village de Saint-Christol. Je suis très fatiguée. Cela fait deux jours que je voyage. Je viens du Texas.

- Vous venez du Texas ? dit-il.

- Oui, j'habite à Houston au Texas.

Le mot « Texas » semble réveiller le chauffeur.

- Où est votre chapeau de cowboy, madame ? dit-il en souriant.

Je ne trouve pas cette question très drôle, alors je répète :

- Pouvez-vous me prévenir quand je serai arrivée à Saint-Christol, s'il vous plaît ?

Il me regarde.

- L'arrêt de Saint-Christol est juste après l'arrêt de Chaumet, dit-il.

- Mais je ne connais pas non plus l'arrêt de Chaumet !

Le chauffeur hausse les épaules. Je n'insiste pas. C'est inutile de perdre mon temps avec un homme stupide.

Je monte dans le bus et je m'assieds sur le siège juste derrière le chauffeur.

Ensuite, je prends mon téléphone portable et je relis les e-mails que Marie Daguerre m'a envoyés.

Elle m'a écrit qu'elle va m'attendre sur la place du village. Je vais la reconnaître facilement. Elle sera avec son chien Jean-Baptiste et elle portera une robe couleur lavande.

J'ai vraiment hâte d'arriver !

EXERCICE DU CHAPITRE 6

Alice ne connaît pas encore Marie Daguerre, mais elle sait que Marie portera une robe couleur lavande.

Pouvez-vous compléter ces phrases ?

1. Alice ne _____ pas le village de Saint-Christol.
   a. connaît
   b. sait
   c. s'est
2. Marie _____ qu'elle a besoin d'une personne pour s'occuper de son chien.
   a. connaît
   b. sait
   c. s'ai
3. Le chauffeur du bus _____ bien le chemin.
   a. connaît
   b. sait
   c. s'est
4. _____ le bus numéro 7295 !
   a. Connaît
   b. Sait
   c. C'est
5. Alice _____ qu'elle est fatiguée.
   a. connaît

b. sait

c. c'est

CHAPITRE 7

Après environ trente minutes de route, le bus s'arrête. Le chauffeur ouvre les portes du bus et attend.

Les portes restent ouvertes comme cela trente, trente-cinq, quarante secondes. Personne ne monte et personne ne descend du bus. C'est très bizarre.

Enfin, le chauffeur se tourne vers moi.

- Vous êtes arrivée, me dit-il.

- Pardon ?

- Vous êtes arrivée, madame. C'est ici le village de Saint-Christol.

- Ah désolée ! Je ne savais pas... Merci.

J'attrape ma valise et je sors du bus.

- Merci, monsieur ! dis-je encore une fois.

Le chauffeur me fait un signe de la tête et ferme les portes. Je reste seule sur le trottoir avec ma valise.

Le bus s'éloigne dans la nuit. Au loin dans le ciel, je vois un éclair et quelques secondes plus tard, j'entends un grand coup de tonnerre. J'espère que l'orage ne viendra pas ici.

Je regarde autour de moi. Je suis seule. Il n'y a personne.

Devant moi, je vois la place du village. Au centre, je devine une vieille fontaine en pierre. Sur la droite, un café est fermé. Et en face, il y a le bureau de poste et l'église. Tout est sombre. C'est un peu sinistre.

La nuit commence à tomber. Marie Daguerre n'est pas là.

Si elle ne vient pas, je ne sais pas ce que je vais faire. Je ne sais pas s'il y a un hôtel dans ce petit village. Je regarde mon téléphone et je m'aperçois avec horreur que je n'ai pas de connexion internet.

Tout à coup, la cloche de l'église se met à sonner. Un chien aboie dans la nuit, puis un deuxième, et un troisième. Un éclair illumine le ciel et la pluie commence à tomber.

J'ai la chair de poule. C'est vraiment lugubre ici.

EXERCICE DU CHAPITRE 7

Alice arrive enfin dans le village de Saint-Christol. Malheureusement, Marie Daguerre n'est pas là.

Dans ces 5 phrases, il manque des mots. Pouvez-vous les trouver ?

1. Le chauffeur ouvre _____ du bus.
    a. les portes
    b. les fenêtres
2. Je reste seule sur le trottoir avec _____.
    a. ma serviette
    b. ma valise
3. J'entends un grand coup _____.
    a. de tonnerre
    b. d'état
4. La nuit commence à _____.
    a. se coucher
    b. tomber
5. _____ aboie dans la nuit.
    a. Un chat
    b. Un chien

CHAPITRE 8

La cloche de l'église sonne dix coups. Il se met à pleuvoir un peu plus fort et Marie n'est toujours pas là. Je commence vraiment à m'inquiéter.

Qu'est-ce que je vais faire si elle ne vient pas ?

Je me force à respirer calmement. J'inspire : un, deux, trois, quatre. J'expire plus lentement : un, deux, trois, quatre, cinq, six.

Je suis si fatiguée que je deviens légèrement paranoïaque. Et si Marie Daguerre n'existait pas ? Et si c'était un piège ?

Je réalise que je n'ai dit à personne que je partais en France. Même madame Bleakers, ma responsable à la bibliothèque, ne sait pas que je suis dans un petit village en Provence. Si je disparais, personne ne le saura.

Je regarde une nouvelle fois mon téléphone. Il n'est toujours pas connecté. Il n'y a pas de réception ici. Je suis dans un désert internet. Quelle horreur !

- Arrête, Alice ! dis-je à voix haute. Tu es dans un charmant petit village en Provence. Arrête d'avoir peur !

Dix minutes plus tard, Marie Daguerre n'est toujours pas là. Si elle ne vient pas, la solution est simple. Je reprendrai le bus demain. Le prochain bus est à 8 heures 35 du matin.

De l'autre côté de la place, sous un grand arbre, je vois un banc. C'est décidé. C'est là que je vais passer la nuit. Les feuilles de l'arbre vont me protéger de la pluie.

Je traverse la place avec ma valise. Sur le sol, il y a de la boue et des feuilles partout à cause de la pluie et du vent. Ma valise est maintenant sale, mais ce n'est pas grave.

Je m'assieds sur le banc en bois. Heureusement, il est sec. J'attrape deux pulls dans ma valise. Je les mets en boule pour me faire un oreiller et je m'allonge. Je suis très fatiguée.

Juste avant de fermer les yeux, je vois un chat noir traverser la place.

Je ne suis pas superstitieuse, mais ...

EXERCICE DU CHAPITRE 8

Alice pense que Marie Daguerre ne viendra pas. Elle décide alors de passer la nuit sur un banc.

Le C du mot « banc » est silencieux.

Traduisez les mots suivants et répondez aux questions.

1. Dans le mot « blanc », est-ce que le C est silencieux ou non ?
2. Dans le mot « avec », est-ce que le C est silencieux ou non ?
3. Dans le mot « tabac », est-ce que le C est silencieux ou non ?
4. Dans le mot « escroc », est-ce que le deuxième C est silencieux ou non ?
5. Dans le mot « estomac », est-ce que le C est silencieux ou non ?
6. Dans le mot « donc », est-ce que le C est silencieux ou non ?

CHAPITRE 9

Ce n'est vraiment pas confortable d'être allongée sur un banc en bois, mais je réussis à m'endormir.

Je fais un rêve très bizarre.

Dans mon rêve, je me promène tranquillement dans un champ de lavande. Les cigales chantent. Le ciel est bleu. J'écrase entre mes doigts quelques graines de lavande. J'adore cette odeur. Un papillon vole autour de ma tête et commence à me parler.

- Comment tu t'appelles ? me demande-t-il.

- Je m'appelle Alice, je lui réponds.

Ensuite, il se passe quelque chose d'étrange. Le papillon disparaît. Les cigales ne chantent plus. C'est le silence complet. Le sol se met à trembler de plus en plus fort. Mon Dieu, c'est un tremblement de terre !

- Alice ? Alice ?

Le sol tremble encore plus fort.

- Alice ? Alice ?

J'ouvre les yeux soudainement. Je vois une tête penchée sur moi.

- Alice ? Ça va ?

Je m'assoie et je frotte le bas de mon dos. Ma bouche est sèche. Je dois prendre quelques secondes pour savoir où je suis.

La femme devant moi répète d'une voix un peu plus forte.

- Ça va, Alice ?

La femme devant moi est jeune. Elle a environ trente ans. Elle a de longs cheveux bruns. Elle porte une robe couleur lavande. Elle a une douzaine de bracelets au poignet. Elle est très jolie et ressemble un peu à l'actrice Brigitte Bardot.

À ses pieds, il y a un chien.

- Je suis désolée, Alice. Je suis en retard.

Je réalise que je suis en présence de Marie et de son chien Jean-Baptiste.

Marie m'aide à me lever. Elle attrape ma valise et mes deux pulls sur le banc.

- Viens, me dit-elle. Ma maison est à deux minutes.

EXERCICE DU CHAPITRE 9

Marie Daguerre ressemble à la célèbre actrice française Brigitte Bardot.

Parmi ces cinq affirmations sur Brigitte Bardot, lesquelles sont vraies et lesquelles sont fausses ?

1. Vrai ou faux : Brigitte Bardot est une actrice et une chanteuse.

2. Vrai ou faux : Brigitte Bardot habite à Dijon (ville célèbre aussi pour sa moutarde.).

3. Vrai ou faux : Brigitte Bardot adore les animaux.

4. Vrai ou faux : Brigitte Bardot est née en 1834.

5. Vrai ou faux : Brigitte Bardot a joué dans le célèbre western : le Bon, la Brute et le Truand.

CHAPITRE 10

La maison de Marie est petite avec des volets bleus. La façade est jaune-orange et le toit est recouvert de tuiles rondes en terracotta, typiquement dans le style provençal.

Marie poussc la porte d'entrée.

- Entre, Alice, me dit-elle. J'espère que cela ne te dérange pas que je te tutoie ?

- Non, bien sûr, je lui réponds.

Marie met ma valise près d'un petit meuble en bois. Nous entrons dans une grande cuisine. Les murs sont recouverts de photos de petits villages pittoresques. Il y a un grand évier en pierre et aussi une grande table en bois rectangulaire. C'est absolument charmant.

- Je suis vraiment désolée, dit Marie en prenant une bouteille de vin rosé dans le frigo. Je n'ai pas vu le temps passer. J'étais en train de préparer ma valise. C'est la première fois que je pars depuis très longtemps.

- Ce n'est pas grave. Je n'étais pas inquiète, je lui dis.

Je ne dois pas mentir très bien, car Marie continue à s'excuser.

- Ce n'est pas dans mon habitude d'oublier mes invités.

- Pas de problème. Vraiment !

- Tu veux un petit verre ?

Sans attendre ma réponse, Marie attrape deux verres dans le placard à droite de l'évier. Elle les remplit. Ensuite elle met sur la table un fromage et quelques tranches de pain.

- J'adore le fromage, dit-elle. Tu savais qu'il y a plus de 463 types de fromages en France ?

- Non, je ne le savais pas. Comment s'appelle ce fromage ?

- C'est une boulette d'Avesnes.

- Ce fromage sent fort, je dis en prenant mon verre de rosé.

Je bois un peu de vin pour essayer de faire disparaître l'odeur du fromage.

Jean-Baptiste, le chien, arrive vers moi. Il pose sa tête sur ma cuisse et me regarde avec de grands yeux. Je pense que comme tous les chiens français, il doit adorer le fromage.

Je profite que Marie regarde son téléphone pour donner un petit morceau de fromage à Jean-Baptiste. Le chien est très content. J'ai un nouvel ami !

EXERCICE DU CHAPITRE 10

Marie adore les fromages. Elle apprend à Alice qu'il existe plus de 463 types de fromages en France.

Voici 10 nombres écrits en toutes lettres. Pouvez-vous les écrire en chiffres ?

Exemple : sept cent soixante-dix-sept : 777

1. un million six cent mille :

2. trois mille deux cent quarante-cinq :

3. quarante mille six cents :

4. soixante-douze :

5. soixante et onze :

6. un milliard cinq cents millions deux cent mille :

7. sept mille deux cent cinquante-sept :

8. neuf cent quatre-vingt-deux :

9. quarante-neuf :

10. dix mille six cent trente-trois :

CHAPITRE 11

Marie regarde son téléphone. Tout à coup, elle perd son sourire.

- Quelque chose ne va pas, Marie ?

- C'est mon ami Raphaël. Il est malade. Il ne va pas pouvoir m'emmener à la gare demain matin. Et Xavier n'est pas disponible non plus. Il travaille. Je vais devoir y aller en bus ou en voiture.

Je voudrais bien proposer à Marie de l'emmener à la gare avec sa voiture, mais conduire en France me fait peur. Je n'ai jamais compris les ronds-points et la priorité à droite. En plus, conduire sur des routes étroites m'angoisse. Je suis habituée aux larges routes du Texas.

- Bon, dit Marie, je vais te montrer comment tout fonctionne chez moi et comment t'occuper de mon chien. C'est la première fois que je prends des vacances depuis quatre ans. Je suis un peu inquiète de laisser mon chien.

- Ne t'inquiète pas, je lui dis. Tout va bien se passer. Tu pars où en vacances ?

- Je vais à Barcelone. Mes parents m'ont offert un voyage pour mon anniversaire.

Dans la cuisine, Marie me montre comment le four, la cuisinière et la machine à café fonctionnent.

- Il n'y a pas de lave-vaisselle chez moi.

- Pas de problème. Cela ne me dérange pas de laver la vaisselle à la main.

Ensuite, nous passons au chien.

- Les croquettes de JB sont ici, dit-elle. Tu verses l'équivalent d'une tasse de croquettes dans sa gamelle...

- JB ? Sa gamelle ? je demande. Je ne connais pas ces mots.

- JB comme Jean-Baptiste. Et une gamelle, c'est un récipient, un bol pour mettre la nourriture d'un chien.

- D'accord, je comprends.

- JB mange des croquettes le matin et le soir. Deux fois par jour.

Jean-Baptiste ronfle maintenant sous la table. J'aimerais bien dormir moi aussi. Je suis tellement fatiguée.

- Est-ce que je dois le promener tous les jours ? je demande à Marie.

- Ce serait chouette. Il a besoin de faire de l'exercice.

Nous traversons le salon et montons l'escalier. Marie ouvre une porte.

- Voici la chambre des invités. Elle est petite mais confortable. J'espère qu'elle te convient, Alice.

- Elle est parfaite !

Le lit est recouvert d'une couverture bleue avec des motifs de fleurs. Sur la table de nuit, il y a un grand livre de recettes de Provence.

- Ici, c'est la salle de bains, plus loin les toilettes et là ma chambre, dit Marie. La maison n'est pas grande.

- Ta maison n'est pas grande, mais elle est très mignonne. On s'y sent en sécurité, comme si dans cette maison, rien ne pouvait nous arriver.

EXERCICE DU CHAPITRE 11

Marie fait visiter sa maison à Alice. Sa maison n'est pas grande, mais elle est très mignonne.

Dans chaque liste, il y a un mot qui n'appartient pas à cette liste. Pouvez-vous le trouver ?

1. la moquette / le parquet / la poire / le carrelage
2. la porte / le poussin / l'escalier / le mur
3. la salle de bains / la cuisine / la chaussette / le grenier
4. le rideau / le chiot / le volet / la fenêtre
5. la lampe / le fauteuil / le lit / le chaton
6. l'assiette / l'oiseau / le verre / la fourchette
7. le drap / l'oreiller / le matelas / la pétanque
8. le poulain / le tapis / le coussin / la couverture

CHAPITRE 12

J'ai dormi presque toute la nuit. Mais j'ai eu une insomnie de 3 heures à 4 heures du matin. J'ai lu quelques pages du livre de recettes et je me suis rendormie.

J'ouvre les volets. Ce matin, le soleil brille.

De la fenêtre de ma chambre, j'ai une vue sur le jardin de Marie. Il est splendide !

Je vois des fleurs, un figuier, deux citronniers et un olivier. Je vois aussi une serre avec des plantes vertes à l'intérieur.

Je descends l'escalier. J'entends Marie chanter : « Une partie de pétanque, ça fait plaisir. La boule part et puis se plante comme à loisir. Tu la vises et tu la manques, change ton tir. Une partie de pétanque, ça fait plaisir... »

Dans la cuisine, Marie prend son petit déjeuner. Le chien dort à ses pieds.

- Bonjour Marie. Qu'est-ce que tu chantes ? je lui demande.

- C'est une vieille chanson française. Elle s'appelle *Une partie de pétanque*. Tu connais ce jeu ?

- Quel jeu ?

- Le jeu de pétanque. On y joue avec des boules en métal et une petite boule en bois. C'est super sympa.

- Je ne crois pas le connaître.

Je ne suis pas encore complètement réveillée.

- Tu as bien dormi ? me demande-t-elle. Il a beaucoup plu cette nuit.

- J'ai bien dormi, je réponds. Je n'ai pas entendu la pluie tomber.

- J'espère que tu vas te plaire chez moi, me dit-elle. Tu verras, le village est très calme. Il ne se passe presque jamais rien ici.

Marie se lève, met sa tasse vide dans l'évier et commence à la laver.

- Marie, est-ce que je peux te poser une question ? je demande.

- Bien sûr, Alice, me dit-elle.

- Tu as reçu beaucoup de réponses pour garder ton chien, n'est-ce pas ?

- J'ai reçu au total 71 réponses.

- Peux-tu me dire pourquoi tu m'as choisie ?

Marie arrête un moment de laver sa tasse.

- Je t'ai choisie parce que tu viens du Texas, me dit Marie. J'adore les grands espaces américains.

Je suis vraiment surprise par cette réponse.

EXERCICE DU CHAPITRE 12

C'est la première nuit d'Alice dans la petite maison de Marie. Alice n'a pas bien dormi. Elle a lu quelques pages du livre de recettes pendant son insomnie.

Si vous avez du mal à dormir cette nuit, complétez ces phrases en écrivant les verbes au présent de l'indicatif.

1. Je ne _____ pas bien en ce moment. (dormir)

2. Nous _____ les fromages forts. (adorer)

3. Elles _____ à jouer à la pétanque. (apprendre)

4. Je _____ l'escalier. (descendre)

5. Tu _____ bien, mais tu n'es pas Maria Callas. (chanter)

6. Vous _____ le citronnier dans le jardin. (voir)

CHAPITRE 13

Marie regarde sa montre.

- J'ai décidé de laisser ma voiture dans le garage et de prendre le bus pour aller à la gare. Le bus passe à 8 heures 35 sur la place du village, mais avant de partir, je voudrais te montrer quelque chose dans le jardin. Tu peux me suivre ?

- D'accord.

Dans le jardin, j'entends les cigales. Ces petits insectes chantent différemment que les cigales du Texas. Le chant des cigales françaises est plus chic.

- Voilà, c'est ici, dit Marie.

Nous sommes maintenant devant la serre. Sur la gauche, il y a un grand réservoir en plastique.

- C'est un réservoir pour l'eau de pluie, dit Marie. Il n'y a pas beaucoup d'eau dans le sud de la France, alors il faut trouver des solutions.

Marie ouvre la porte de la serre. Nous entrons. Une merveilleuse odeur d'herbes de Provence m'arrive aux narines.

- Ce sont mes bébés, dit Marie en regardant les herbes avec amour. Ici, il y a du thym, du romarin, de l'origan, du basilic, toutes les herbes de la Provence. Est-ce que tu peux les arroser ?

- Bien sûr, je lui dis.

- C'est super gentil !

Je n'y crois pas. Il y a devant moi environ 40 plantes différentes. Cela va me prendre une heure pour tout arroser.

- Il a beaucoup plu cette nuit, dit Marie. Le réservoir d'eau est plein.

- C'est noté, je lui dis. Je vais m'en servir pour arroser.

Il fait chaud et humide dans la serre. J'ai l'impression d'être à Houston.

- Je dois partir pour prendre mon bus, dit Marie. Profite bien de la maison. Occupe-toi bien de JB et des herbes de Provence.

- C'est promis. Tu peux partir tranquille.

Marie me fait trois bises et elle disparaît dans la maison. Je reste seule dans la serre.

- Mais ? Qu'est-ce que c'est que ça ? je dis à haute voix.

Derrière les pots de romarin et de basilic, je vois dix plantes de marijuana !

EXERCICE DU CHAPITRE 13

Marie demande à Alice de s'occuper de ses plantes. Trouvez l'adjectif possessif correct pour finir ces phrases.

1. Marie a des plantes. Ce sont _____ plantes.
   a. ses
   b. leurs

2. J'ai un chien. C'est _____ chien.
   a. ton
   b. mon

3. Nous avons des livres en français facile. Ce sont
   _____ livres.
   a. vos
   b. nos

4. Ils ont des citrons. Ce sont _____ citrons.
   a. leurs
   b. vos

5. Alice a une valise. C'est _____ valise.
   a. sa
   b. ma

CHAPITRE 14

Marie est partie et je suis seule dans la maison.

Je suis un peu préoccupée par les plantes de marijuana dans la serre. Je ne sais pas s'il est interdit de cultiver cette plante en France. Je n'ai pas envie de finir en prison. J'ai accepté de m'occuper du chien et de la maison, mais pas d'être l'assistante de Pablo Escobar.

J'essaie de ne plus y penser. Je prends ma tasse de thé dans la cuisine et je vais dans le salon.

Les murs du salon sont blancs. Un tapis beige recouvre le sol. Les meubles en bois sont de très bonne qualité.

Je remarque que le canapé est couvert de poils de chien. Une boîte de bonbons d'Aix-en-Provence est posée sur la table basse du salon, entre un cendrier et la télécommande de la télévision.

J'ouvre entièrement la porte-fenêtre qui donne sur le jardin. Dehors il fait déjà chaud. Les cigales chantent. Au fond du jardin, je vois un figuier, deux citronniers et un olivier. J'adore les figues. Ce sont mes fruits préférés.

Je sors dans le jardin et je m'approche de l'arbre. Quelques figues semblent prêtes à être mangées. D'ailleurs, les oiseaux ont déjà commencé à les déguster.

Sur la plus haute branche, je remarque une figue parfaite pour moi. Je lève la main pour l'attraper. À ce moment-là, j'entends une voix d'homme.

- Nom d'un aïoli ! Il est interdit de prendre ces figues !

Je me retourne rapidement et je vois un vieil homme. Il tient dans sa main un grand bâton avec, à son extrémité, une sorte de petit sac.

- Qui êtes-vous ? je demande effrayée.

- Et vous, qui êtes-vous ? me demande-t-il d'une voix forte. Une voleuse de figues ?

- Je suis une amie de Marie. Et vous, qui êtes-vous ?

L'homme me sourit et il soulève son chapeau pour me

saluer. Il doit avoir 80 ans. Il porte un t-shirt blanc et une salopette bleue.

- Jules, le voisin. Je passe tous les matins dans le jardin de Marie pour ramasser des fruits pour faire de la confiture.

Avec son bâton spécial cueille-fruits, il attrape doucement la figue sur la plus haute branche de l'arbre.

Je reconnais maintenant cet homme. J'ai vu sa photo dans le livre de recettes que j'ai lu cette nuit.

- Est-ce que vous êtes monsieur Jules Panisse ? L'auteur du livre de recettes ?

- Lui-même ! dit-il en soulevant encore son chapeau.

- J'ai lu quelques pages de votre livre cette nuit. J'ai appris beaucoup de choses sur la cuisine provençale.

- La cuisine traditionnelle que cuisinait ma mère ! dit-il.

L'homme me sourit.

- Vous n'êtes pas d'ici, ajoute-t-il. Vous avez un accent grand comme la mer Méditerranée.

- J'habite aux États-Unis, au Texas plus précisément.

- Quelle horreur, une Américaine, dit-il en levant son bâton au ciel ! Qu'est-ce que vous venez faire ici ? Vous ne venez pas ouvrir un restaurant McDonald's dans notre beau village, j'espère !

Je n'ai pas le temps de répondre.

- La bouffe américaine est horrible, ajoute-t-il.

- Rassurez-vous, je lui dis. Je suis ici pour garder le chien de Marie.

- Vous venez d'Amérique pour garder un chien ?

Il ne semble pas me croire.

- C'est exactement ça.

- C'est vraiment le déclin de l'empire américain, dit-il en haussant les épaules.

Il doit avoir pitié de moi, car il me donne la figue.

- Tenez, *ma pitchoune*, me dit-il. Prenez-la.

La figue est superbe. Elle sent bon le sucre. Je l'approche de mon visage, mais juste au moment de la manger, j'entends une personne frapper avec insistance à la porte d'entrée de la maison.

EXERCICE DU CHAPITRE 14

Dans le jardin, Alice rencontre le voisin de Marie. Quand Jules Panisse apprend qu'Alice est américaine, ses premiers mots sont : Quelle horreur !

Dans les phrases suivantes, complétez avec : quel, quelle, quels, ou quelles.

1. _____ est ta recette préférée ?

2. Tu aimes manger chez McDonald's. _____ dommage !

3. _____ sont les derniers livres que tu as achetés ?

4. _____ est votre nationalité ?

5. _____ langues parlez-vous ?

6. _____ sont les fromages que tu aimes ?

CHAPITRE 15

Je laisse monsieur Panisse dans le jardin. Je passe par la porte-fenêtre et je traverse rapidement le salon.

- J'arrive. Une minute, je crie.

Dans la cuisine, le chien Jean-Baptiste remue la queue en regardant la porte.

Je pose délicatement la belle figue sur la table. Je ne veux pas abîmer ce fruit précieux.

- Qui est-ce ? je demande.

- C'est le facteur !

J'ouvre la porte. Devant moi, il y a un homme de quarante ans environ. Il a un paquet dans les mains. Il porte un short et un t-shirt jaune sur lequel est écrit : La Poste avec vous !

Il a sur la tête une jolie casquette bleue. Ses chaussures sont en toile jaune avec des semelles en corde. Les facteurs français sont très stylés.

- J'ai un paquet pour Marie, me dit-il.

- Elle n'est pas ici.

- Et vous êtes ? il me demande.

Je suis surprise par cette question. C'est la deuxième fois qu'on me la pose ce matin.

- Je m'appelle Alice Hunt. Je garde le chien de madame Daguerre...

- Marie est déjà partie ? me coupe-t-il.

Ce facteur est vraiment très curieux. Mais c'est peut-être normal dans un petit village de Provence. Tout le monde se connaît ici.

- Vous voulez laisser le colis pour Madame Daguerre ici ? je lui dis.

Le facteur me tend le colis du bout des doigts.

- D'accord. Dites-lui que Xavier...Xavier Giraud est passé.

Je remarque maintenant qu'il y a une petite odeur bizarre dans la cuisine.

Je regarde discrètement sous mes chaussures. Est-ce que j'ai marché sur une crotte de chien dans le jardin ? Je fais une vérification rapide. Non. Les semelles de mes chaussures sont propres.

Peut-être que l'odeur vient du paquet apporté par le facteur.

- Vous savez ce qu'il y a dans ce paquet ? je lui demande.

- Je pense qu'il y a un fromage, répond-il.

- Un fromage ?

Le facteur caresse la tête de Jean-Baptiste. Le chien est content. Je trouve cela un peu bizarre. D'habitude les chiens n'aiment pas les facteurs, ils les détestent même.

- Marie a la mauvaise habitude d'acheter ses fromages dans toute la France, dit-il.

- Vraiment ?

- Je lui ai expliqué mille fois qu'il faut acheter des fromages de la région comme la Tomme de Provence ou le chèvre du Mont-Ventoux, dit-il. Mais elle ne veut pas m'écouter. Elle est têtue comme un âne.

L'odeur est de plus en plus intense dans la cuisine.

- Quel type de fromage peut sentir aussi fort ? dis-je en respirant uniquement par la bouche.

Le facteur met son nez sur le paquet.

- Ça, c'est un Munster, dit-il en réfléchissant, un Munster du sud des Vosges.

- Vous êtes très fort. Je suis très impressionnée. Vous arrivez à reconnaître le type de fromage et la région d'origine. Bravo !

- En fait, j'ai reconnu la région grâce au code postal de l'expéditeur. Je suis facteur depuis 20 ans. Mon père était facteur avant moi. Je connais beaucoup de choses, vous savez...

Le facteur pose le paquet sur la table et regarde sa montre.

- Bon, avant de partir, dit-il, je vais prendre quelques feuilles de basilic dans la serre de Marie.

Et il me fait un clin d'œil, puis disparaît dans le jardin.

EXERCICE DU CHAPITRE 15

Alice fait la connaissance du facteur de Saint-Christol. Le facteur arrive avec un colis pour Marie. Et ce colis sent vraiment bizarre.

Pouvez-vous conjuguer le verbe « sentir » au présent et au futur ?

au présent de l'indicatif

je _____

tu _____

il _____

nous _____

vous _____

ils _____

au futur de l'indicatif

je _____

tu _____

elle _____

nous _____

vous _____

elles _____

CHAPITRE 16

Je regarde la figue sur la table de la cuisine. Je salive. Je prends le petit fruit sucré pour le mettre enfin dans ma bouche... mais au même moment, j'entends frapper à la porte.

- Encore !

Je repose la figue sur la table.

- Qui est-ce ? je demande avant d'ouvrir.

- C'est Raphaël. Je suis un ami de Marie.

J'ouvre la porte d'entrée. Devant moi, il y a un homme très grand avec une moustache. Il porte un t-shirt orange et un short blanc.

- Il y a une odeur un peu bizarre ici, me dit-il.

Je lui montre le paquet sur la table de la cuisine. Il comprend tout de suite.

- Marie et ses fromages ! dit Raphaël en souriant.

Raphaël prend le paquet du bout des doigts. Il ouvre la fenêtre de la cuisine et il met le fromage à l'extérieur. Il referme rapidement la fenêtre avant que les mouches entrent dans la cuisine.

Je remarque que Raphaël porte les mêmes chaussures que le facteur, mais les siennes sont rouges.

- Vous regardez mes chaussures ? me demande-t-il en souriant.

- C'est vrai. Pardonnez-moi, je lui dis. Comment s'appelle ce type de chaussures ? Je les ai vues récemment sur une autre personne.

- Ce sont des espadrilles, des chaussures typiques du sud de la France, me dit-il. Vous êtes l'Américaine ? Vous gardez le chien de Marie ?

- Oui. Bonjour. Je m'appelle Alice.

Je me souviens que Marie a dit que Raphaël était malade. Il ne me semble pas du tout malade. Au contraire, il me semble en pleine forme.

- Bienvenue en Provence, me dit-il. Vous allez adorer le village et ses champs de lavande...

- J'ai hâte de visiter la région.

- Vous allez aussi adorer la maison, continue-t-il. Elle est très calme.

Je ne sais pas si je suis d'accord. La maison n'est pas calme. En dix minutes, trois hommes, Jules, Xavier et Raphaël, sont arrivés chez Marie.

- Où est-ce que vous habitez aux États-Unis ? me demande Raphaël. Vous parlez très bien français.

- J'habite à Houston au Texas.

- Le Texas ! dit-il. Je voudrais tellement visiter Dallas. C'est mon rêve...

Il voudrait visiter Dallas ! L'ami de Marie est un peu bizarre.

- J'ai besoin d'un peu de basilic, me dit-il. Je vais en chercher dans la serre.

Et il me fait un clin d'œil, puis il disparaît dans le jardin. Je commence à me demander si le basilic n'est pas le nom de code pour la marijuana.

EXERCICE DU CHAPITRE 16

Alice fait la connaissance de Raphaël. Comme le facteur, Raphaël porte des espadrilles, les chaussures typiques du sud de la France.

Il existe d'autres chaussures typiques françaises. Les connaissez-vous ? Répondez par vrai ou par faux.

1. Vrai ou faux : Les sabots sont des chaussures faites en bois.

2. Vrai ou faux : Les charentaises sont des chaussures à hauts talons.

3. Vrai ou faux : Les bottes en caoutchouc sont utiles quand il pleut.

4. Vrai ou faux : Les santiags sont des bottes de cowboy.

5. Vrai ou faux : Le mot « pompes » veut dire « chaussures » en argot.

6. Vrai ou faux : Les tongs sont des chaussures parfaites pour marcher en montagne.

CHAPITRE 17

Maintenant il y a trois hommes dans le jardin !

Je regarde la figue sur la table de la cuisine. Je salive. Je prends le petit fruit pour le mettre dans ma bouche, mais au même moment, j'entends crier dans le jardin.

- Au secours ! Au secours !

- À l'aide ! À l'aide !

Je reconnais les voix de Jules Panisse et de Raphaël. Je sors précipitamment dans le jardin.

- Qu'est-ce qu'il se passe ? je demande.

Sur le sol, à côté de la serre, il y a une casquette. Je m'approche. Je vois deux jambes poilues et des espadrilles jaunes. C'est le facteur ! Il est allongé par terre. Je m'approche encore un peu plus et je remarque qu'il a du sang sur la tête.

Raphaël me regarde.

- Je pense...qu'il est... mort, dit-il. Quelle... horreur !

- *Peuchère*, ajoute monsieur Panisse. Il était si jeune et si gentil.

Monsieur Panisse est calme.

- Mais que s'est-il passé ? je lui demande. Vous avez vu quelque chose ?

- Je n'ai absolument rien vu, répond Jules. Je ramassais tranquillement des figues au fond du jardin.

Je note que Jules Panisse a toujours son bâton cueille-fruit dans les mains.

- Et vous ? je demande à Raphaël.

- Je n'ai rien... entendu..., dit-il. Quelle... horreur !

Jules fouille dans ses poches.

- Je vais appeler la police, dit-il en sortant un vieux téléphone portable.

Dix secondes plus tard, j'entends du bruit dans la maison.

- La police est déjà ici ? je demande, impressionnée par l'efficacité des policiers français.

Je cours dans la maison. Et dans la cuisine, je trouve Marie avec sa valise.

- Marie ? je crie, surprise de la voir. Vous êtes ici ? Vous n'êtes pas partie ?

- Le bus n'est pas passé, dit-elle énervée. J'ai attendu pendant deux heures. C'est certain, il y a encore une grève !

J'attrape Marie par le bras.

- Marie, il s'est passé quelque chose d'horrible, je lui dis. Un homme est mort.

- Où ?

- Un homme est mort dans votre jardin.

Marie pousse un cri. Sa valise tombe par terre.

- Un homme mort ? dit-elle. Où ? Pourquoi ? Quand ? Comment ?

- Suivez-moi. Il est à côté de la serre.

EXERCICE DU CHAPITRE 17

Alice annonce à Marie qu'il y a un homme mort dans son jardin.

Trouvez la traduction de ces objets que l'on trouve dans un jardin.

1. une tondeuse à gazon
    a. a lawn mower
    b. a garden hose
    c. a leaf blower
2. un râteau
    a. a shovel
    b. a rake
    c. a tree pruner
3. une charrette
    a. a wheelbarrow
    b. a watering can
    c. a bucket
4. une pelle
    a. a weed whacker
    b. a shovel
    c. a watering can
5. un sécateur
    a. a garden glove

b. a weed puller
c. pruning shears

CHAPITRE 18

Marie est assise par terre à côté du corps du facteur. Elle lui caresse la joue. Elle pleure.

- Mon Xavier... *mon beignet de fleur de courgette ... mon aubergine farcie... ma pissaladière sans anchois...*

Raphaël pose la main sur l'épaule de Marie.

- Il est au paradis, ma chérie.

Je laisse Raphaël, Marie, Jules et le facteur dans le jardin pour aller dans la cuisine.

Pour la troisième fois aujourd'hui, j'attrape la figue sur la table de la cuisine.

Je n'ai rien mangé depuis hier soir. J'ai besoin de sucre. J'approche le fruit de ma bouche. Mais avant de pouvoir le goûter, j'entends quelqu'un frapper avec énergie sur la porte.

- Qui est-ce ? je demande en colère.

- Police ! Ouvrez la porte !

Je repose le fruit et me précipite pour ouvrir. Devant moi, il y a un homme en pyjama rose. Il porte des chaussons bleus aux pieds.

- Qu'est-ce qu'il se passe ici ? me dit l'homme.

Devant mon visage surpris, il ajoute :

- Je suis le commissaire Mimosa. J'habite dans le village, à côté de l'église.

- Mais... Mais vous êtes en pyjama, commissaire, je lui dis.

- Je n'ai pas eu le temps de m'habiller, madame. Je suis venu aussi vite que possible.

- Suivez-moi dans le jardin, commissaire. Il s'est passé un horrible accident.

Le policier me suit. Nous traversons rapidement le salon et arrivons dans le jardin.

En nous entendant approcher, Marie, monsieur Panisse, Raphaël et le chien tournent la tête dans notre direction.

Seul le facteur reste immobile. C'est normal, car il est mort.

- Ne touchez à rien, ordonne le policier. Ceci est peut-être un accident ou peut-être un meurtre !

Le policier regarde le sol avec attention. Il fait de petits bruits étranges comme de petits sifflements de vipère. Il s'arrête. Il marche en cercles de plus en plus rapprochés autour du corps du facteur. Puis, il s'arrête une nouvelle fois.

- Voilà qui est intéressant ! dit-il en regardant le sol et ensuite le toit de la maison, et le sol, et encore le toit.

Il sort un kleenex de la poche de son pyjama et il ramasse un objet par terre.

- C'est la tuile ! crie-t-il.

Jules s'avance vers lui.

- Il y a un problème, commissaire ? demande le vieil homme.

- Un gros problème en effet, répond le policier. Ce n'est pas un accident. C'est un meurtre. Le facteur a été tué !

Au même moment, la cloche de l'église sonne dix coups.

EXERCICE DU CHAPITRE 18

Dans le chapitre 18, Alice fait la connaissance du commissaire Mimosa.

Trouvez le bon verbe pour ces phrases :

1. Le commissaire _____ un homme original.
   a. est
   b. ai
   c. es

2. Le commissaire _____ un pyjama rose.
   a. porte
   b. portes
   c. portent

3. Le commissaire _____ aussi vite que possible.
   a. ai venu
   b. es venu
   c. est venu

4. Le commissaire _____ le sol avec attention.
   a. observes
   b. observer
   c. observe

5. Le commissaire _____ de la poche de son pantalon de pyjama un mouchoir en papier.
   a. a sorti

b. est sorti

c. a sortie

CHAPITRE 19

Nous sommes dans le salon. Raphaël, Jules et moi sommes assis sur le canapé. Marie préfère rester debout. Elle n'a pas envie d'avoir le pantalon recouvert de poils de chien.

Sur la table basse à côté de la boîte de bonbons d'Aix-en-Provence, on voit l'arme du crime : une tuile.

Toujours en pyjama, le policier fait les cent pas devant nous.

- Le facteur a été tué, dit le policier. C'est évident. Il a reçu une tuile provençale sur la pomme.

- Sur la pomme ? je demande surprise. Vous voulez dire sur la tête ?

- La pomme, le caillou, la citrouille, la tête, c'est la même chose ! me dit-il, énervé.

Le policier se gratte l'entrejambe. Je pense que c'est pour mieux réfléchir. J'ai déjà vu beaucoup d'hommes français faire ce geste pour se concentrer.

De la porte-fenêtre, je peux voir les jambes poilues et les belles espadrilles jaunes du facteur.

J'ai honte de le dire, mais à ce moment-là, je ne pense pas un instant au pauvre facteur. À ce moment-là, je me demande si je dois acheter une paire d'espadrilles avant mon départ pour Houston. Ce sont vraiment des chaussures parfaites pour l'été au Texas.

- Comment savez-vous que ce n'est pas un accident ? demande Marie. Après tout, il a plu hier soir. Une tuile a pu glisser du toit.

Le policier regarde Marie avec supériorité.

- C'est évident, madame. Il n'y a rien de plus simple. Il ne manque pas une seule tuile sur le toit de votre petite maison.

Le commissaire nous regarde un à un.

- Maintenant question beaucoup plus importante, ajoute-t-il. Qui a voulu tuer le facteur ?

- Peut-être un habitant du village en colère ? propose Jules. Il existe parfois des personnes en colère avec les facteurs parce qu'une lettre n'arrive pas.

- C'est... vrai, dit Raphaël. Parfois, il faut... attendre... des jours... des semaines... pour qu'une... lettre... arrive. Et parfois... la lettre n'arrive jamais... c'est... frustrant.

Je remarque que Raphaël parle lentement. C'est trop bizarre. Je me demande si Raphaël n'a pas consommé un peu trop de basilic quand il était dans la serre.

- Je suis d'accord. Les facteurs ne sont pas toujours efficaces et cela peut être extrêmement frustrant, ajoute le policier, mais est-ce que c'est une raison suffisante pour tuer un facteur ?

EXERCICE DU CHAPITRE 19

Le commissaire a trouvé l'arme du crime. C'est une tuile provençale.

Et vous ? Est-ce que vous pouvez trouver les 5 fautes dans ce texte ?

Le policier regarde le sol avec attention. Il fait de petit bruits étranges comme de petits sifflements de vipère. Il s'arrêtent. Il marche en cercles de plus en plus rapprochés autour du corps de le facteur. Puis, il s'arrête une nouvelle foie.

Il sort de la poche de ton pantalon de pyjama un mouchoir en papier et ramasse un objet par terre.

CHAPITRE 20

Je remarque maintenant que les yeux de Raphaël sont très rouges et ses pupilles sont dilatées.

- Je... pense ..., dit-il, je... pense... savoir... qui... a... tué... Xavier.

- Vraiment ? dit le policier. Dites-le-nous.

- Quand... je... suis... arrivé... dans... le... jardin, commence-t-il, j'ai...

Le commissaire regarde Raphaël avec impatience.

- Parlez un peu plus vite, mon ami ! À cette vitesse, on sera encore là à Noël.

Mais Raphaël n'écoute pas. Il regarde la boîte de bonbons posée sur la table basse.

Raphaël attrape la boîte, l'ouvre et se met à dévorer les bonbons deux par deux.

- J'adore... les... Calissons... d'Aix, dit-il la bouche pleine.

- *Il est fada**, dit Jules en haussant les épaules.

- J'ai... vu, recommence Raphaël, j'ai vu... une... personne... sur... le toit de la maison.

- Très bien, dit le commissaire impatient, et cette personne ? C'était qui ?

Le commissaire se frotte les mains. Il est certain que ce crime va être résolu avant onze heures ce matin et qu'il va pouvoir retourner au lit. Il s'imagine déjà le Journal du Dimanche dans la main droite et un croissant dans la main gauche.

Raphaël met cinq bonbons supplémentaires dans sa bouche.

- Alors ? dit le commissaire. Accouchez ! C'est pour aujourd'hui ou pour demain ? Qui était sur le toit ?

Raphaël regarde la boîte de Calissons d'Aix. Elle est vide maintenant.

- Oh non..., pleure-t-il. Il n'y a... plus de... bonbons.

- Si vous me dites qui était sur le toit ce matin, dit le commissaire d'une voix douce, je vous offrirai une autre boîte de bonbons.

Raphaël le regarde avec amour.

- C'est... vrai ? demande-t-il.

- C'est promis, dit le policier. Alors, qui était sur le toit ?

Raphaël fait un grand effort de concentration.

- C'est... difficile... à... dire, dit Raphaël. J'avais... le... soleil... dans... les yeux. Mais... j'ai... vu... une silhouette... avec... un chapeau.

- Une silhouette avec un chapeau, répète le commissaire pour encourager Raphaël. Quel type de chapeau ?

Raphaël réfléchit un instant.

- Un... chapeau... un chapeau... de... cowboy, dit-il.

À ce moment-là, tous les visages se tournent vers moi.

EXERCICE DU CHAPITRE 20

Raphaël explique lentement qu'il a vu une personne sur le toit de la maison de Marie.

Comme Raphaël, prenez votre temps et conjuguez sans faute le verbe « porter » au passé composé et à l'imparfait.

au passé composé

je _____

tu _____

il _____

nous _____

vous _____

ils _____

à l'imparfait

je _____

tu _____

elle _____

nous _____

vous _____

elles _____

CHAPITRE 21

- Une silhouette avec un chapeau de cowboy ! Voilà qui est intéressant, dit le commissaire en me regardant. Madame Hunt, vous avez quelque chose à ajouter ?

- Pour votre information, je ne porte jamais de chapeau de cowboy. Et je n'ai tué personne. Et ce n'est pas moi la meurtrière.

- Peut-être qu'au Texas, on a l'habitude de tuer les facteurs, dit-il. Madame Hunt s'imagine être John Wayne ?

Le commissaire pense maintenant avoir un crime international sur les bras. Il voit déjà les titres des journaux : une Texane tue un facteur dans un petit village de Provence. Le courageux commissaire Mimosa arrête une tueuse de facteurs. Ou pour un jeu de mots : une Texane timbrée.

Le commissaire regarde rapidement dans le jardin pour vérifier si le corps du facteur est toujours là.

- Madame Hunt, qu'avez-vous fait ce matin ? Quel était votre emploi du temps ?

- Ce matin, j'ai pris mon thé. Ensuite, j'ai parlé avec monsieur Jules dans le jardin, et après j'ai parlé avec le facteur dans la cuisine. Quelques minutes plus tard, monsieur Raphaël a frappé à la porte et j'ai parlé avec lui aussi dans la cuisine.

- C'est tout ?

- Non, ce n'est pas tout, je dis en colère. J'ai aussi essayé de manger une figue !

Le commissaire se met à marcher dans le salon.

- Je suis désolé. On vous a vue sur le toit de la maison, madame Hunt. Tout indique que vous êtes la meurtrière.

- Comment ça, tout ? je dis incrédule. Vous n'allez pas croire Raphaël. Il ne sait pas ce qu'il dit. Il n'est pas dans son état normal. Il a pris de la...

- Qu'est-ce qu'il a pris ? demande le commissaire.

Marie me fait signe d'arrêter de parler.

- Ce que l'Américaine veut dire, dit-elle, c'est que Raphaël est un peu malade en ce moment et qu'il a pris de la... de l'aspirine.

- Je... sais... très bien... ce que... j'ai vu, dit Raphaël avant de s'endormir sur l'épaule de monsieur Panisse.

Je regarde le policier.

- Avez-vous d'autres preuves avant de m'accuser d'être une meurtrière ?

Le commissaire réfléchit quelques instants.

- Bien sûr, dit-il. Premièrement, Saint-Christol, notre joli petit village de Provence, est d'habitude très calme.

- C'est vrai, dit Jules.

- Le dernier crime date de...

- Le dernier crime date du 19 juillet 1960, ajoute Jules.

- Cela fait longtemps, très longtemps, continue le commissaire, qu'il ne s'est rien passé ici à part quelques vols de bicyclettes. Et voilà que le lendemain de votre arrivée, un homme est tué. C'est le hasard ? Je ne le pense pas, madame Hunt.

- Je ne le pense pas non plus, ajoute Jules.

- Madame Hunt, dit le policier, vous êtes la meurtrière. J'en mettrais ma main au feu.

Le commissaire est satisfait de sa conclusion. Il se gratte le ventre en souriant. Une Américaine accusée de meurtre dans son village. Quelle histoire !

Il s'imagine être interviewé par les journalistes du New York Times. Peut-être même que sa photo passera sur CNN et pourquoi pas sur la couverture de Time Magazine. Que c'est excitant !

- Et pour quelle raison est-ce que j'aurais tué le facteur ? je demande.

- C'est le problème. Je n'en ai aucune idée, répond le commissaire.

EXERCICE DU CHAPITRE 21

Le dernier crime dans le village de Saint-Christol date du 19/07/1960, le dix-neuf juillet mille neuf cent soixante.

Pouvez-vous écrire ces dates en toutes lettres ?

02/06/1935 : le deux juin mille neuf cent trente-cinq

17/12/1945 :

22/01/2024 :

19/02/1920 :

12/09/2020 :

29/03/2025 :

CHAPITRE 22

J e répète ma question.

- Et pour quelle raison est-ce que j'aurais tué le facteur ? je demande.

Marie, qui est restée silencieuse jusqu'à présent, commence à parler.

- Je sais, dit-elle. Madame Hunt vient du Texas...

- Et alors ? je lui demande.

- Madame Alice Hunt habite au Texas, ajoute-t-elle. Nous connaissons la mentalité des Texans !

- Et quelle est la mentalité des Texans ? je demande en colère.

Marie se rapproche de moi.

- Ils sont rétrogrades et conservateurs, dit-elle. Ils sont attachés aux valeurs du passé.

- Mais ce n'est pas vrai ! je dis.

- Ce matin, continue Marie, madame Alice Hunt a rencontré Raphaël et Xavier... mes deux amants.

- Le facteur était votre petit ami ? je demande surprise.

Marie se rapproche encore plus près de moi. Je peux maintenant sentir son parfum, un mélange de lavande et de fromage de chèvre.

- Xavier, Raphaël et moi avons une relation ouverte et non exclusive. Nous sommes polyamoureux.

- Polyamoureux ? répète le commissaire, intéressé.

Marie met sa main sur mon épaule.

- La Texane n'a pas supporté notre ménage à trois !

- Mais vous dites n'importe quoi, je dis. Je ne savais même pas que le facteur était votre petit ami. Et puis, je n'ai absolument rien contre les ménages à trois.

Le commissaire me regarde maintenant avec des étoiles dans les yeux.

Je ne sais pas quoi faire. Comment est-ce que je peux

prouver mon innocence ? Je dois dire quelque chose et vite !

- Et moi, je pense que c'est Marie la meurtrière ! je dis.

- Vraiment ? disent Jules, le commissaire Mimosa et Marie en même temps.

Raphaël ouvre un œil.

- Un chapeau... de cowboy... et... un éléphant rose... sur le toit, dit-il avant de se rendormir.

Je me lève du canapé.

- Marie a tué le facteur parce que...

- Et pourquoi est-ce que j'aurais tué Xavier ? me coupe-t-elle.

Je marche dans le salon, les mains dans le dos.

- Parce qu'il était contre vos achats de fromages. Il voulait que vous achetiez des fromages de la région.

Je regarde Marie dans les yeux.

- Les Françaises sont prêtes à tuer pour du fromage, j'ajoute.

Marie hausse les épaules.

- N'importe quoi. Cela ne tient pas debout, dit-elle. Cela n'a pas de sens. C'est complètement stupide.

- C'est vrai. Je suis d'accord avec madame Daguerre, ajoute le commissaire, perplexe. Cela n'a pas de sens.

Marie met les mains sur ses hanches.

- Vous avez des preuves ? dit-elle.

Dans le cendrier sur la table basse, je vois une petite feuille d'olivier. Cela me donne une idée.

- La feuille... À cause de la pluie cette nuit, le sol de la place du village est couvert de boue et de feuilles.

- C'est malheureusement vrai, dit le commissaire en regardant ses chaussons sales.

- Je suis certaine que les roues de la valise de Marie sont propres, car Marie n'a jamais traversé la place du village. Elle est restée à la maison. Elle a laissé sa valise dans le garage et est montée sur le toit pour lancer la tuile sur la tête du pauvre facteur.

- Il n'y a qu'une façon de le savoir, dit le commissaire.

Il traverse le salon rapidement en tenant avec une main le pantalon de son pyjama.

- Nom d'un *Pastis* sans glaçons ! dit-il, depuis la cuisine.

Il revient dix secondes plus tard.

- Désolé, madame Hunt, mais votre théorie ne fonctionne pas. Les roues de la valise de Marie sont sales, dit-il. Elles sont recouvertes de boue et de feuilles.

- Bien essayé, dit Marie en me regardant.

Le commissaire se frotte les mains.

- Madame Hunt, continue le policier, je vais vous demander de me suivre jusqu'au commissariat.

EXERCICE DU CHAPITRE 22

Raphaël a aperçu une personne avec un chapeau de cowboy sur le toit de la maison de Marie.

Complétez ces phrases en écrivant les verbes au passé composé.

Marie <u>a fait</u> sa valise pour partir à Barcelone. (faire)

1. Alice _____ plusieurs fois de manger une figue. (essayer)

2. Raphaël _____ dans la serre chercher du basilic. (aller)

3. Le facteur _____ dans le jardin. (mourir)

4. Jean-Baptiste _____ un bout de fromage hier soir. (manger)

5. Le commissaire _____ en pyjama rose et en chaussons. (arriver)

6. Jules Panisse _____ un livre de recettes. (écrire)

CHAPITRE 23

- **M**adame Hunt, je vous demande de me suivre jusqu'au commissariat, répète le policier.

- D'accord, mais donnez-moi quelques instants. Je dois prendre mes vêtements. Ils sont dans ma chambre.

- Je vous donne cinq minutes pour faire votre valise. Pas une de plus.

Je monte l'escalier quatre à quatre. Marie, Jules, le commissaire et le chien me suivent du regard.

Dans ma chambre, je fais ma valise rapidement. Je regarde partout pour vérifier que je n'ai rien oublié. Tout à coup, mes yeux tombent sur le livre de recettes sur la table de nuit.

Je m'arrête un instant devant le livre. Je l'ouvre et je lis les premières pages du livre.

J'entends le commissaire.

- Votre valise est prête, madame Hunt ? me crie-t-il du salon.

- Une minute, j'arrive.

Je descends l'escalier sans ma valise, mais avec le livre de recettes sous le bras.

- Vous êtes prête ? me demande le commissaire.

Je le regarde dans les yeux.

- Oui, je suis prête. Je suis prête à vous dire qui a tué le facteur.

Marie hausse les épaules.

- Encore ! J'ai déjà entendu ces mots tout à l'heure, dit-elle.

-Mais cette fois, c'est vrai ! je dis.

J'ouvre le livre de recettes et je lis à voix haute.

-Voici ce que Jules Panisse a écrit page 8. « J'ai eu une enfance heureuse jusqu'à la mort de ma mère. Ma mère, Barbara Panisse, était une excellente cuisinière. Sa spécialité était la ratatouille. On venait de toute la France pour manger ses plats... »

Le visage de Jules Panisse devient rouge puis blanc. Je continue à lire.

-« Malheureusement, le 19 juillet 1960, ma mère est morte, renversée par la voiture du facteur de notre village. J'avais 15 ans. »

Le commissaire me regarde.

- Et aujourd'hui, nous sommes le 19 juillet, crie-t-il. C'est bizarre.

Je ferme le livre de recettes.

- Je suis certaine que c'est monsieur Panisse qui a tué le facteur !

- Mais pourquoi ? Marie demande.

Monsieur Panisse nous regarde.

- Alice a raison. C'est moi qui ai lancé une tuile sur la tête du facteur.

- Mais pourquoi ? répète Marie d'une voix plus forte.

EXERCICE DU CHAPITRE 23

Pendant son insomnie, Alice a lu quelques chapitres du livre de recettes de Jules Panisse.

Barbara Panisse, la mère de Jules Panisse, était célèbre pour sa ratatouille.

Traduisez en anglais le nom de ces aliments. Quels sont les trois que l'on ne trouve pas dans la ratatouille ?

1. une courgette :
2. une aubergine :
3. un oignon :
4. un avocat :
5. une tomate :
6. un poivron :
7. un ananas :
8. un pamplemousse :

CONCLUSION
LE LENDEMAIN À L'HEURE DE L'APÉRITIF

Nous sommes tous dans le jardin. Les cigales chantent. Le vent souffle légèrement. L'air sent bon la lavande. Le soleil se couche derrière les citronniers.

Le commissaire boit une longue gorgée de vin rosé.

- Que c'est bon ! dit-il. Je pourrais en boire toute la journée.

- Monsieur Jules Panisse a-t-il été arrêté ? demande Marie.

- Affirmatif, dit le commissaire Mimosa. Il a tout avoué.

Grâce à Dieu, le policier n'est plus en pyjama. Il porte aujourd'hui un jean et un joli t-shirt bleu et blanc. Au dos de son t-shirt est écrit Olympique de Marseille. Et bien sûr, il porte aux pieds des espadrilles blanches.

Raphaël lève son verre et verse quelques gouttes de vin par terre.

- Pour Xavier, dit-il. Paix à son âme.

- Pour Xavier, ajoute Marie tristement en faisant le même geste.

Je prends une belle figue sur la table. Cette fois, personne ne va m'arrêter et je vais enfin pouvoir la manger.

- Vous avez des figues aussi bonnes au Texas ? me demande Marie.

- Elles sont rares, mais elles existent, je réponds.

- C'est comme les Texans progressistes, ajoute Marie. Ils sont rares, mais ils existent !

Le commissaire lève à son tour son verre de vin.

- Je voudrais remercier Alice ! dit-il. Grâce à vous, madame, nous avons résolu ce meurtre rapidement. Vous êtes plus perspicace que Clint Eastwood et John Wayne réunis.

Raphaël applaudit. Marie lui fait signe d'arrêter. Elle voudrait parler.

- Mais pourquoi Jules a-t-il voulu tuer Xavier ? demande-t-elle. Xavier n'était pas né en 1960. Ce n'est pas lui qui a tué Barbara Panisse.

Je prends le carnet dans la poche de mon pantalon.

- Hier matin, je suis allée à la bibliothèque et j'ai effectué quelques recherches dans les vieux journaux de Saint-Christol. Le 19 juillet 1960, le facteur qui a causé l'accident s'appelait Marcel Giraud. C'était le père de Xavier.

- Le père de Xavier ! crie Raphaël.

- Jules était un jeune garçon à l'époque. Il ne pouvait pas se venger. Il a attendu patiemment pour trouver le moment parfait.

- Quelle histoire ! ajoute le commissaire.

Raphaël lève la main comme un étudiant qui a trouvé une bonne réponse.

- Jules a choisi la date anniversaire de l'accident pour commettre son crime.

- Et il a profité de la présence chez moi d'une Américaine, ajoute Marie. Il voulait lui faire porter le chapeau !

Raphaël finit son verre de rosé.

- Mais comment a-t-il fait pour lancer une tuile sur la tête du facteur ? Il était à l'autre bout du jardin.

- Monsieur Panisse a utilisé son bâton cueille-fruits pour

lancer la tuile provençale, dit le commissaire en faisant un grand geste avec son bras droit.

- Comme un joueur de lacrosse, je dis.

- De lacr... quoi ? demande le commissaire.

- De lacrosse. C'est un sport très célèbre chez moi, je lui réponds.

Tout le monde me regarde sans comprendre.

- Je n'ai jamais entendu parler de ce sport, dit le commissaire. Ici, c'est la pétanque ou le foot, et rien d'autre.

- Je vous explique. Le sport lacrosse se joue avec une petite balle que l'on lance à l'aide d'un bâton et...

Je remarque rapidement que personne n'écoute mes explications. Alors, vexée, je mange une figue.

Ce matin, Marie m'a dit qu'elle annulait ses vacances à Barcelone pour rester avec moi. Elle m'a proposé de me faire visiter la région pour se faire pardonner de m'avoir accusée. J'ai accepté avec plaisir son invitation.

Raphaël met devant moi un petit pot en verre rempli d'une sauce verte. Il me regarde en souriant.

- Alice, c'est pour toi.

- Qu'est-ce que c'est ? je lui demande méfiante.

- C'est une sauce qui s'appelle le pistou. C'est une sauce typiquement provençale avec beaucoup de basilic, dit-il en me faisant un clin d'œil. Tu veux essayer ?

FIN

I would love it if you could leave a short review of my book. For an independent author like me, reviews are the main way that other readers find my books. Merci beaucoup !

MURDER IN PROVINCE

ENGLISH TRANSLATION

The story takes place in a small village in Provence.

In this book I've used some expressions that are typical of southern France. These expressions are written in italics.

CHAPTER 1

I want to go to France, but I've run out of money! My bank account is completely empty!

The library is empty too. It's a little sad. People are reading fewer and fewer books. When they come to the library, it's often to connect to the Wi-Fi and watch videos on their cell phone.

The library's automatic glass doors open suddenly. A cloud of Chanel No. 5 enters the library.

"Hello, Madame Dubois!" I say. "How are you this morning?"

"Hello, Alice. I'm doing very well. And how's my favorite librarian?" she asks me.

"I have the banana," I tell her.

"I have the banana" means "I'm doing very well. I'm in great shape." It's an expression that I learned recently with my French teacher.

Madame Dubois is wearing a blue dress with a pretty white belt. This woman is always very well dressed. She's about 70 years old. She's French. She was born in Antibes in the south of France, but for 30 years she's been living in Houston, Texas.

"You're not with Charlie today?" I ask her.

Charlie is Madame Dubois's dog. She gave him that name after the terrorist attack on Charlie Hebdo, a French magazine. Charlie is a gentle Yorkshire. He is always very calm. He often accompanies Madame Dubois to the library. If I'm available, I take care of him while his owner picks out a book.

"Charlie stayed home with Robert," she says. "There's tennis on TV. He loves watching that sport. I think he's interested in the yellow ball."

I really like Madame Dubois. When she comes to the library, we speak French together.

Madame Dubois puts a magazine on my desk.

"Do you want it, Alice? It's a French magazine. I just fini-shed it."

"I'd love that. Thank you very much, Madame Dubois."

CHAPTER 1 EXERCISE

Alice loves to read in French. Madame Dubois knows this and she brings Alice a French magazine.

Can you find the translation of these words? (The answer is in **bold**.)

1. Un hebdomadaire
   a. a magazine about dromedaries
   b. **a magazine published weekly**
2. Un abonnement
   a. **a subscription**
   b. an abandonment
3. Un sommaire
   a. **a table of contents**
   b. a summary
4. Feuilleter un magazine
   a. **leaf through a magazine**
   b. remove pages from a magazine
5. Une feuille de chou
   a. **a cabbage leaf**
   b. **a worthless newspaper (slang)**

This one's a trick question, because both answers are right! Une feuille de chou is a cabbage leaf, and it's also slang for a worthless newspaper ("a rag").

CHAPTER 2

The magazine Madame Dubois gave me is called *30 Million Friends*. It's a magazine about pets: dogs, cats, birds, fish and even hamsters.

On the cover, there's a gray kitten with big green eyes. He's splendid. I would love to have a little cat like that, but it isn't possible. I work all day at the library. Plus, I like being free and able to travel whenever I want.

I open the magazine and I start leafing through it. From page 2 to page 5, there are ads.

Page 6, I learn how to train a dog and teach him these four commands: Sit. Down. Fetch. Leave it.

Page 27, the journalist provides the list of the best veterinary clinics in France.

Page 34, I read how to easily trim your cat's claws.

Page 45, there's an article with tips for keeping your pet cool in the summer heat, during a heat wave for example.

Page 52, I understand that dogs and cats can, like men and women, be depressed.

And at the end of the magazine, I find two pages of classified ads.

I love to read the classifieds. They're often amusing.

Here are a few:

1. I'm looking for someone to take care of my horse for the month of September. We live in Normandy. My horse is very nice.

If you're interested, write to: myhayburner@gmail.com.

2. I'm selling a large bird cage that's 4 meters high. Price is 98 euros. Negotiable. In very good condition.

If you're interested, write to: thebigbirdy@gmail.com.

3. I'm selling hens. Price is 10 euros for a hen in perfect health and 5 euros for a slightly sick hen.

If you're interested, write to: mychick@gmail.com.

4. I'm looking for a person to take care of my dog Jean-Baptiste and my house for ten days in July. Accommodation at my home. I live in Provence. Salary is 50 euros per day.

If you're interested, write to: thedoggo@gmail.com.

5. M who breeds Burmese cats would like to meet F who breeds Persian cats for friendship or more if possible.

If you're interested, write to: thecuddle@gmail.com.

These classifieds are really interesting, especially the fourth one...

CHAPTER 2 EXERCISE

Alice reads the magazine *30 Million Friends.* It's an interesting magazine about pets. You learn a lot.

Do you know the names of these baby animals? (The answer is in **bold**.)

1. A baby cat is called
   a. a chamois
   b. **a kitten**
2. A baby dog is called
   a. **a puppy**
   b. a choice
3. A baby horse is called
   a. an easel
   b. **a foal**
4. A baby hen is called
   a. a cushion
   b. **a chick**
5. A baby cow is called
   a. **a calf**
   b. a bucket
6. A baby frog is called
   a. **a tadpole**
   b. a party animal

CHAPTER 3

I read the fourth classified ad a second time.

4. I'm looking for a person to take care of my dog Jean-Baptiste and my house for ten days in July. Accommodation at my home. I live in Provence. Salary is 50 euros per day.

If you're interested, write to: thedoggo@gmail.com

And why wouldn't that be me? I love dogs. I could take care of Jean-Baptiste without any problem.

It's the ideal solution to go to France for not too much money. I'd stay for free at this person's place and what's more I could pay a good chunk of the plane ticket with the 50 euros a day salary.

This can work. I'm sure of it.

I note on a sheet of paper all the questions that I want to ask the owner of Jean-Baptiste, the dog.

1. Where do you live exactly?
2. How old is your dog?
3. What breed is your dog?
4. What does your dog eat?
5. Does he need to be walked several times a day?
6. Is your dog nice? Is he well-trained?
7. Does your dog bite?
8. Are there chores to do in the house besides watch the dog? Housecleaning? Mow the lawn?

The more I think about it, the more I think that would be the perfect solution for me.

I decide to write an e-mail immediately.

```
Hello,

I read your ad in the magazine 30
Million Friends. I'm very interested. My
name is Alice Hunt and I adore dogs. I
live in Houston, Texas, but I can come
to France without any problem. I've
worked in a library for over ten years.
```

I'm very patient and very well organized. I'm used to taking care of dogs. Jean-Baptiste will be in good hands with me. I can give you references if you wish. Don't hesitate to contact me if you have any questions.

Thank you and have an excellent week,

Alice Hunt

I re-read my message. I exaggerated a bit with "I'm used to taking care of dogs," but I think Madame Dubois will agree to be a reference for me if I ask her.

I cross my fingers and send my message.

CHAPTER 3 EXERCISE

Alice replied to the classified ad in the magazine *30 Million Friends*. She's crossing her fingers. Maybe she will be chosen to watch a dog in the south of France. Alice has a lot of questions for the dog's owner.

Here are 5 answers. Can you find the right question to these answers? (The right question is in **bold.**)

1. She lives in Texas.
a) Where does she live?
b) Why in God's name does she live in Texas?

2. She's worked at the library for over ten years.
a) Has she worked at the library since she was a child?
b) How long has she been working at the library?

3. Yes, Alice is looking for a way to travel without spending too much money.
a) Does Alice want to travel at any cost?
b) Is Alice careful with her money when she travels?

4. There are classified ads in the magazine *30 Million Friends*.
a) Is the magazine *30 Million Friends* a rag?

b) Is it possible to place an ad in the magazine *30 Million Friends*?

5. Alice wrote an email in response to a classified ad.

a) Why did Alice respond to a classified ad?

b) How did Alice respond to a classified ad?

CHAPTER 4

The next morning I turn on my computer and I see that I got a reply from thedoggo@gmail.com. I don't read it right away, because I'm sure that the answer is no.

I calmly make my tea. Only then do I sit in front of my computer and click on the message.

I start to read.

Dear Ms. Hunt,

Thank you for your reply. I read your e-mail with interest. I think that you would be perfect for taking care of my dog Jean-Baptiste. I'm looking for someone who, like you, is organized and patient. If you agree, I'm offering you the gig. I live in a very pretty village in Provence. Send me a message to tell me if you accept.

Have a good day,

Marie Daguerre

I can't believe my eyes. It's incredible. I'm the one that this woman chose to take care of her dog. I'll go to Provence! I can already smell the lavender!

I immediately send her a reply:

Dear Ms. Daguerre,

Thank you very much for your confidence in me. I gladly accept your offer. You can travel without worry. I will take good care of your dog Jean-Baptiste. Can you let me know the exact dates?

Have a good week,

Alice Hunt

. . .

I re-read my e-mail one last time and I send it.

I barely have time to finish my cup of tea when I get a reply.

Hello Alice,

The dates are July 18th-29th. I hope you're available during that time. I live in a small village surrounded by lavender fields. The village is called Saint Christol. The closest airport is the airport in the city of Montpellier.

My address is: 72 rue de la Poste, 84390 Saint Christol, France.

See you soon. — Marie

CHAPTER 4 EXERCISE

Alice is a well-organized person. Are you too?

Put the months of the year in the right order.

8: August
10: October
2: February
7: July
12: December
3: March
11: November
1: January
4: April
5: May
6: June
9: September

CHAPTER 5

10 WEEKS LATER

I start packing my suitcase. I take two pairs of pants, three t-shirts, one dress, a swimsuit, a pair of sandals and two light sweaters. I think it can be hot during the day in the south of France, but it can be cold at night.

I printed my itinerary. I found tickets that weren't too expensive. I fly from Houston to Montpellier with a first stopover of eight hours in Atlanta and a second stopover for 6 hours in Amsterdam. It's a long trip!

Last week, I put my ticket on my refrigerator door. Every time I pass by I can read it and tell myself that this trip is very real. I'm so lucky to go to France. I'm going to Provence. It's an area that I'm not familiar with. I'll see lavender fields and eat ratatouille while drinking rosé. Paradise!

Liz, my neighbor, asked me if I'm afraid to go to someone's place when I don't know them. She forgets that I'm a librarian. I know how to do research. People don't hold many secrets for me.

Here's the information that I found on the owner of the house at 72 rue de la Poste:

Marie Daguerre is 38. She has no children. She's not married. She doesn't work and has never worked. Her parents are the wealthy owners of several restaurants in Saint Tropez and Nice. Marie Daguerre hates junk food. In fact, she signed several petitions against a McDonald's restaurant opening in the town of Saint Christol.

I also did some research on the village of Saint Christol. Here's what I found:

Saint Christol is a village of 1378 inhabitants. The mayor of the town is a socialist. The village is famous for its lavender fields. The climate is a Mediterranean climate. The summers are hot and dry but can be interspersed with violent storms.

In the village there is a post office, a small café called Le Mistral, a church and a library that's only open in the morning.

Spending ten days in a small village in Provence will be a completely different experience for me. I'm used to Paris with cars, museums and restaurants. I hope I won't be bored. This village looks so quiet.

CHAPTER 5 EXERCISE

The village of Saint Christol has a Mediterranean climate. It's hot in the summer and it's mild in the winter.

Here are a few expressions about climate. Do these expressions use the verb **faire**?

Add the verb faire if needed.

1. Il **fait** du vent. *It's windy.*
2. Il neige. *It's snowing.*
3. Il **fait** soleil. *It's sunny.*
4. Il pleut. *It's raining.*
5. Il **fait** froid. *It's cold.*
6. Il **fait** beau. *It's nice out.*
7. Il grêle. *It's hailing.*

CHAPTER 6

IN FRANCE

After several hours on a plane, I'm finally in Montpellier on the bus number 7295 heading to the village of Saint Christol.

"Hello sir," I say to the driver. "I would like a ticket for Saint Christol."

The man doesn't move. He stays still. He doesn't turn his head in my direction. He stares straight ahead. I get a little closer to him and I touch his arm.

"Hello sir," I repeat. "I would like a ticket for the village of Saint Christol."

He slowly turns his head towards me. He has small green eyes and a big chin. He reminds me of an alligator that we have in Houston. He's wearing t-shirt that's too small and shows some of his belly.

"Five euros," he says in a monotone.

I give him 5 euros.

He examines the money and gestures for me to get on the bus.

"Can you tell me when to get off? I don't know the village of Saint Christol. I'm very tired. I've been traveling for two days. I'm coming from Texas."

"You're coming from Texas?"

"Yes, I live in Houston, Texas."

The word "Texas" seems to wake up the driver.

"Where's your cowboy hat, Ma'am?" he says, smiling.

I don't find the question very funny, so I repeat:

"Can you let me know when I get to Saint Christol, please?"

He looks at me.

"The stop for Saint Christol is right after the stop for Chaumet," he says.

"But I don't know the stop for Chaumet, either!"

The driver shrugs his shoulders. I don't insist. There's no point in wasting my time on a stupid man.

I get on the bus and take my seat right behind the driver.

Then, I take out my phone and re-read the emails that Marie Daguerre sent me.

She wrote to me that she'll wait for me in the village square. I'll recognize her easily. She'll be with her dog Jean Baptiste and she'll wear a lavender-colored dress.

I really can't wait to get there!

CHAPTER 6 EXERCISE

Alice doesn't yet know Marie Daguerre, but she knows that Marie will wear a lavender-colored dress.

Can you complete these sentences?

1. Alice ne **connaît** pas le village de Saint-Christol.
1. Alice doesn't know the village of Saint Christol.

2. Marie **sait** qu'elle a besoin d'une personne pour s'occuper de son chien.
2. Marie knows that she needs someone to take care of her dog.

3. Le chauffeur du bus **connaît** bien le chemin.
3. The bus driver knows the route well.

4. **C'est** le bus numéro 7295 !
4. It's the bus number 7295!

5. Alice **sait** qu'elle est fatiguée.
5. Alice knows that she's tired.

CHAPTER 7

After about 30 minutes of driving, the bus stops. The driver opens the bus doors and waits.

The doors stay open like that 30, 35, 40 seconds. Nobody gets on and nobody gets off the bus. It's very weird.

Finally, the driver turns towards me.

"You've arrived," he tells me.

"Pardon?"

"You've arrived, Ma'am. This is the village of Saint Christol."

"Ah, sorry! I didn't know... Thank you."

I grab my suitcase and get off the bus.

"Thank you, sir!" I say one more time.

The driver nods his head and closes the doors. I'm left alone on the sidewalk with my suitcase.

The bus drives away into the night. Far away in the sky, I see a lightning bolt and several seconds later, I hear a big thunderclap. I hope that the storm won't come here.

I look around me. I'm alone. There's nobody.

In front of me, I see the village square. In the middle, I can make out an old stone fountain. On the right, a café is closed. And on the other side, there's the post office and the church. Everything is dark. It's a little sinister.

Night begins to fall. Marie Daguerre isn't there.

If she doesn't come, I don't know what I'll do. I don't know if there's a hotel in this little village. I look at my phone and I'm horrified to see that there's no Internet connection.

All of a sudden, the church bell starts to ring. A dog barks in the night, then a second one, and a third. Lightning lights up the sky and rain starts to fall.

I have goosebumps. It's really creepy here.

CHAPTER 7 EXERCISE

Alice finally gets to the village of Saint Christol. Unfortunately, Marie Daguerre isn't there.

In these 5 sentences, there are words missing. Can you find them? (The answer is in **bold**.)

1. The driver opens the bus _____.
a) doors
b) windows

2. I'm left alone on the sidewalk with _____.
a) my towel
b) my suitcase

3. I hear a big _____.
a) thunderclap
b) coup d'état

4. Night starts to _____.
a) go to bed
b) fall

5. _____ barks in the night.

a) A cat

b) A dog

CHAPTER 8

The church bell rings ten times. It begins to rain a little harder and Marie is still not there. I'm really starting to worry.

What will I do if she doesn't come?

I force myself to breathe calmly. I breathe in: one, two, three, four. I breathe out more slowly: one, two, three, four, five, six.

I'm so tired that I become slightly paranoid. And what if Marie Daguerre didn't exist? And if it was a trap?

I realize that I didn't tell anyone that I was leaving for France. Even Ms. Bleakers, my supervisor at the library, doesn't know that I'm in a small village in Provence. If I disappear, nobody will know.

I look at my phone again. It's still not connected. There's no reception here. I'm in an internet desert. It's horrible!

"Stop, Alice!" I say out loud. "You're in a charming little village in Provence. Stop being scared!"

Ten minutes later, Marie Daguerre still isn't there. If she doesn't come, the solution is simple. I'll take the bus again tomorrow. The next bus is at 8:35 in the morning.

From the other side of the square, under a big tree, I see a bench. It's decided then. *That* is where I will spend the night. The tree leaves will protect me from the rain.

I walk across the square with my suitcase. On the ground, there's mud and leaves everywhere because of the rain and the wind. My suitcase is dirty now, but it doesn't matter.

I sit down on the wooden bench. Fortunately, it's dry. I pull two sweaters from my suitcase. I make them into a ball to form a pillow, and I lie down. I'm very tired.

Just before I close my eyes, I see a black cat walk across the square.

I'm not superstitious, but...

CHAPTER 8 EXERCISE

Alice thinks that Marie Daguerre won't come. So she decides to spend the night on a bench (un banc).

The letter C in the word "banc" is silent.

Translate the following words and answer the questions.

1. In the word "blanc" (white), is the C silent or not? **Yes, it is silent.**

2. In the word "avec" (with), is the C silent or not? **No, it is not silent.**

3. In the word "tabac" (tobacco, tobacconist), is the C silent or not? **Yes, it is silent.**

4. In the word "escroc" (crook, fraudster, swindler), is the [final] C silent or not? **Yes, it is silent.**

5. In the word "estomac" (stomach), is the C silent or not? **Yes, it is silent.**

6. In the word "donc" (therefore, so, thus), is the C silent or not? **No, it is not silent.**

CHAPTER 9

I t's really not comfortable to be lying on a wooden bench, but I manage to go to sleep.

I have a very weird dream.

In my dream, I'm strolling peacefully through a field of lavender. The cicadas are singing. The sky is blue. I crush a few lavender seeds between my fingers. I love the smell. A butterfly flies around my head and starts talking to me.

"What's your name?" he asks me.

"My name is Alice," I tell him.

Then something strange happens. The butterfly disappears. The cicadas aren't singing anymore. It's total silence. The ground starts trembling more and more. My God, it's an earthquake!

"Alice? Alice?"

The ground shakes even more.

"Alice? Alice?"

Suddenly, I open my eyes. I see a head leaning over me.

"Alice? Are you OK?"

I sit up and rub my lower back. My mouth is dry. It takes me a few seconds to figure out where I am.

The woman in front of me repeats in a slightly louder voice.

"Are you OK, Alice?"

The woman in front of me is young. She's about 30 years old. She has long brown hair. She's wearing a lavender colored dress. She has a dozen bracelets on her wrist. She's very pretty and looks a little bit like the actress Brigitte Bardot.

There's a dog at her feet.

"I'm sorry, Alice. I'm late."

I realize that I'm in the presence of Marie and her dog Jean Baptiste.

Marie helps me stand up. She picks up my suitcase and my two sweaters on the bench.

"Come," she tells me. "My house is two minutes away."

CHAPTER 9 EXERCISE

Marie Daguerre looks like the famous French actress, Brigitte Bardot.

Among these five statements about Brigitte Bardot, which ones are true and which are false?

1. True or false: Brigitte Bardot is an actress and singer.
TRUE

2. True or false: Brigitte Bardot lives in Dijon (a city also famous for its mustard).
FALSE

3. True or false: Brigitte Bardot loves animals.
TRUE

4. True or false: Brigitte Bardot was born in 1834.
FALSE

5. True or false: Brigitte Bardot acted in the famous western, The Good, the Bad and the Ugly.
FALSE

CHAPTER 10

Marie's house is small with blue shutters. The façade is yellow-orange and the roof is covered with round terra-cotta tiles, in typical Provençal style.

Marie opens the front door.

"Come in Alice," she says to me. "I hope it doesn't bother you if I use the informal tu?"

"No, of course not," I reply.

Marie puts my suitcase next to a small piece of wooden furniture. We go into a large kitchen. The walls are covered with pictures of small picturesque villages. There's a large stone sink and also a large rectangular wooden table. It's absolutely charming.

"I'm really sorry," says Marie while taking a bottle of rosé out of the fridge. "I lost track of time. I was packing my suitcase. It's the first time in a long time that I'm going away."

"It's no big deal. I wasn't worried," I tell her.

I must not lie very well, because Marie continues apologizing.

"It's not like me to forget my guests."

"No problem. Really!"

"Do you want a little drink?"

Without waiting for my answer, Marie grabs two glasses from the cupboard to the right of the sink. She fills them up. Then she puts a cheese and a few slices of bread on the table.

"I love cheese," she says. "Did you know that there are more than 463 types of cheese in France?"

"No, I didn't know that. What's the name of this cheese?"

"It's a boulette d'Avesnes."

"This cheese smells strong," I say, taking my glass of rosé.

I drink some wine to try to make the smell of the cheese disappear.

Jean Baptiste, the dog, comes towards me. He rests his head on my thigh and looks at me with his big eyes. I think that like all French dogs, he must love cheese.

I take advantage of Marie looking at her phone to give Jean Baptiste a little piece of cheese. The dog is very happy. I have a new friend!

CHAPTER 10 EXERCISE

Marie loves cheese. She tells Alice that there are more than 463 types of cheese in France.

Here are 10 numbers written out in letters. Can you write them in digits?

Example : sept cent soixante-dix-sept : 777

1. un million six cent mille: **1 600 000**
2. trois mille deux cent quarante-cinq: **3245**
3. quarante mille six cents: **40 600**
4. soixante-douze : **72**
5. soixante et onze : **71**
6. un milliard cinq cents millions deux cent mille :
1 500 200 000
7. sept mille deux cent cinquante-sept :**7257**
8. neuf cent quatre-vingt-deux : **982**
9. quarante-neuf : **49**
10. dix mille six cent trente-trois : **10 633**

CHAPTER 11

Marie looks at her phone. Suddenly, she stops smiling.

"Is something wrong, Marie?"

"It's my friend Raphael. He's sick. He won't be able to take me to the station tomorrow morning. And Xavier isn't available either. He's working. I'm going to have to take the bus or drive."

I'd like to offer to drive Marie to the station in her car, but driving in France scares me. I've never understood rounda-bouts and priority to the right. Plus, driving on narrow roads stresses me. I'm used to the large roads of Texas.

"Well," says Marie, "I'm going to show you how every-thing in my home works and how to take care of my dog.

It's the first time I'm taking a vacation in four years. I'm a little worried about leaving my dog."

"Don't worry," I tell her. "Everything will be fine. Where are you going on vacation?"

"I'm going to Barcelona. My parents offered me a trip for my birthday."

In the kitchen, Marie shows me how the oven, the stove and the coffee maker work. "There's no dishwasher in my home."

"Not a problem. It doesn't bother me to wash dishes by hand."

Next, we get to the dog.

"JB's kibble is here," she says. "You put the equivalent of a cup of kibble in his *gamelle*..."

"JB? His *gamelle*?" I ask. "I don't know these words."

"JB as in Jean Baptiste. And a *gamelle* is a receptacle, a bowl for putting dog food."

"Got it, I understand."

"JB eats kibble in the morning and the evening. Twice a day."

Now Jean Baptiste is snoring under the table. I'd really like to sleep too. I'm so tired.

"Do I need to walk him every day?" I ask Marie.

"That would be great. He needs to exercise."

We walk across the living room and go up the stairs. Marie opens a door.

"Here's the guest room. It's small but comfortable. I hope it'll work for you, Alice."

"It's perfect!"

The bed is covered by a blue blanket with a flower pattern. On the nightstand, there's a big book of recipes from Provence.

"Here is the bathroom, further down is the toilet and there's my room," says Marie. "The house isn't big."

"Your house isn't big, but it's very cute. I feel safe here, as if in this house, nothing could happen to us."

CHAPTER 11 EXERCISE

Marie shows Alice her house. Her house isn't big, but it's very cute.

In each list, there's a word that doesn't belong to the list. Can you find it? (The answer is in **bold**.)

1. carpet / parquet flooring / **pear** / tiles
2. door / **chick** / stairs / wall
3. bathroom / kitchen / **sock** / attic
4. curtain / **puppy** / shutter / window
5. lamp / armchair / bed / **kitten**
6. plate / **bird** / glass / fork
7. sheet / pillow / mattress / **pétanque**
8. **foal** / carpet / cushion / blanket

CHAPTER 12

I slept almost all night. But I had insomnia from 3 o'clock to 4 o'clock in the morning. I read a few pages of the recipe book and I went back to sleep.

I open the shutters. This morning, the sun is shining.

From my bedroom window, I have a view onto Marie's garden. It's splendid!

I see flowers, a fig tree, two lemon trees and an olive tree. I also see a greenhouse with green plants inside.

I go down the staircase. I hear Marie singing:

66 *A game of pétanque,*

   It's a pleasure,

The ball goes and hides,

As if at leisure,

You aim at it and you miss

Change your shot!

A game of pétanque,

It's a pleasure...

In the kitchen, Marie is eating her breakfast. The dog is sleeping at her feet.

"Good morning, Marie. What are you singing?" I ask her.

"It's an old French song. It's called *Une Partie de Pétanque*. Do you know this game?"

"What game?"

"The game of *pétanque*. You play with metal balls and a little wooden ball. It's really nice."

"I don't think I'm familiar with it."

I'm not completely awake yet.

"Did you sleep well?" she asks me. "It rained a lot last night."

"I slept well," I reply. "I didn't hear the rainfall."

"I hope you'll enjoy yourself at my place," she says. "You'll see, the village is really calm. Almost nothing ever happens here."

Marie gets up, put her empty cup in the sink and starts to wash it.

"Marie, can I ask you a question?" I ask.

"Of course, Alice," she says to me.

"You received a lot of responses for watching your dog, right?"

"I received a total of 71 responses."

"Can you tell me why you chose me?"

Marie stops washing her cup for a moment.

"I chose you because you come from Texas," Marie said to me. "I love the wide open American spaces."

I'm really surprised by this answer.

CHAPTER 12 EXERCISE

It's Alice's first night in Marie's little house. Alice didn't sleep well. She read a few pages of the recipe book during her insomnia.

If you have trouble sleeping tonight, complete these sentences by writing the verbs in the present indicative.

1. Je ne **dors** pas bien en ce moment.
1. *I'm not sleeping well at the moment.*

2. Nous **adorons** les fromages forts.
2. *We love strong cheeses.*

3. Elles **apprennent** à jouer à la pétanque.
3. *They learn to play pétanque.*

4. Je **descends** l'escalier.
4. *I go down the stairs.*

5. Tu **chantes** bien, mais tu n'es pas Maria Callas.
5. *You sing well, but you're not Maria Callas.*

6. Vous **voyez** le citronnier dans le jardin.
6. *You see the lemon tree in the garden.*

CHAPTER 13

Marie looks at her watch.

"I decided to leave my car in the garage and take the bus to go to the station. The bus stops at 8:35 in the village square, but before I go, I would like to show you something in the garden. Can you follow me?"

"Sure."

In the garden, I hear the cicadas. These little insects sing differently than the cicadas in Texas. The song of French cicadas is more chic.

"Here it is," says Marie.

Now we're in front of the greenhouse. On the left, there's a large plastic cistern.

"It's a rainwater cistern," says Marie. "There's not much water in the south of France, so we need to find solutions."

Marie opens the greenhouse door. We go in. A wonderful smell of herbes de Provence goes into my nostrils.

"They're my babies," says Marie, looking lovingly at the herbs. "Here there's thyme, rosemary, oregano, basil, all the herbs of Provence. Can you water them?"

"Of course," I tell her.

"That's really nice!"

I don't believe it. There are around 40 different plants in front of me. It'll take me an hour to water it all.

"It rained a lot last night," says Marie. "The water tank is full."

"Got it," I tell her. "I'll use it for the watering."

It's hot and humid in the greenhouse. I feel like I'm in Houston.

"I have to go to catch my bus," says Marie. "Enjoy the house. Take good care of JB and the herbes de Provence."

"I promise. You can leave with your mind at ease."

Marie gives me three kisses on alternating cheeks and disappears into the house. I'm left alone in the greenhouse.

"Whoa! What on earth is that?" I say aloud.

Behind the rosemary and basil, I see ten marijuana plants!

CHAPTER 13 EXERCISE

Marie asks Alice to take care of her plants. Find the correct possessive adjective to complete these sentences.

1a) Marie a des plantes. Ce sont **ses** plantes.
1a) Marie has plants. They are her plants.

2b) J'ai un chien. C'est **mon** chien.
2b) I have a dog. It's my dog.

3b) Nous avons des livres en français facile. Ce sont **nos** livres.
3b) *We have books in easy French. The are our books.*

4a) Ils ont des citrons. Ce sont **leurs** citrons.
4a) They have lemons. They are their lemons.

5a) Alice a une valise. C'est **sa** valise.
5a) Alice has a suitcase. It's her suitcase.

CHAPTER 14

M arie is gone and I'm alone in the house.

I'm a little preoccupied by the marijuana plants in the greenhouse. I don't know if it's illegal to grow this plant in France. I don't want to wind up in prison. I agreed to take care of the dog and the house, but not to be Pablo Escobar's assistant.

I try not to think about it anymore. I take my cup of tea in the kitchen and go into the living room.

The living room walls are white. A beige rug covers the floor. The wooden furniture is very high quality.

I notice that the couch is covered in dog hair. A box of candies from Aix-en-Provence is on the living room coffee table, between an ashtray and the television remote control.

I open wide the French doors that lead to the garden. It's already hot outside. The cicadas are singing. At the far end of the garden, I see a fig tree, two lemon trees and an olive tree. I love figs. They're my favorite fruits.

I go out to the garden and go up to the tree. A few figs look ready to be eaten. In fact, birds have already started tasting them.

On the tallest branch, I notice a fig that's perfect for me. I raise my hand to grab it. Right at that moment, I hear a man's voice.

"Holy aioli! It's forbidden to take these figs!"

I quickly turn around and see an old man. In his hand he has a large stick with, at its end, a kind of small bag.

"Who are you?" I ask, frightened.

"And who are *you*?" he asks me in a loud voice. "A fig thief?"

"I'm a friend of Marie. And who are *you*?"

The man smiles at me and tips his hat to greet me. He must be 80 years old. He's wearing a white t-shirt and blue overalls.

"Jules, the neighbor. I come through Marie's garden every morning to gather fruits for making jam."

With his special fruit-picking stick, he gently grabs the fig on the tallest branch of the tree.

Now I recognize this man. I saw his picture in the recipe book that I read last night.

"Are you Mr. Jules Panisse? The recipe book author?"

"That's me!" he says, lifting his hat again.

"I read a few pages of your book last night. I learned a lot of things about Provençal cooking."

"The traditional cuisine that my mother cooked!" he says.

The man smiles at me.

"You're not from here," he adds. "You have an accent as big as the Mediterranean sea."

"I live in the United States — Texas, to be exact."

"How terrible, an American," he says, raising his stick to the sky! "What are you doing here? You're not coming to open a McDonald's restaurant in our beautiful village, I hope!"

I don't have time to answer.

"American food is horrible," he adds.

"Rest assured," I say. "I'm here to watch Marie's dog."

"You come from America to watch a dog?"

He doesn't seem to believe me.

"That's exactly right."

"It's really the decline of the American empire," he says, shrugging his shoulders.

He must pity me, because he gives me the fig.

"Here, my little dear," he says. "Take it."

The fig is superb. It smells wonderfully sweet. I bring it towards my face, but just as I'm about to eat it, I hear someone insistently knocking on the front door of the house.

CHAPTER 14 EXERCISE

In the garden, Alice meets Marie's neighbor. When Jules Panisse learns that Alice is American, his first words are: how terrible! *Quelle horreur !*

In the following sentences, fill in with quel, quelle, quels, or quelles.

1. Quelle est ta recette préférée ?
What's your favorite recipe?

2. Tu aimes manger chez McDonald's. **Quel** dommage !
You like to eat at McDonald's. What a shame!

3. Quels sont les derniers livres que tu as achetés ?
What are the most recent books that you bought?

4. Quelle est votre nationalité ?
What's your citizenship?

5. Quelles langues parlez-vous ?
What languages do you speak?

6. Quels sont les fromages que tu aimes ?
What are the cheeses that you like?

CHAPTER 15

I leave Mr. Panisse in the garden. I pass through the French doors and quickly go across the living room.

"I'm coming. One minute," I yell.

In the kitchen, Jean Baptiste, the dog, wags his tail while looking at the door.

I delicately place the beautiful fig on the table. I don't want to spoil the precious fruit.

"Who is it?" I ask.

"It's the mailman!"

I open the door. In front of me is a man approximately forty years old. He has a package in his hands. He's wearing shorts and a yellow t-shirt marked *The Post Office With You!*

On his head he has a pretty blue cap. His shoes are made of yellow canvas with rope soles. French postmen are very stylish.

"I have a package for Marie," he tells me.

"She's not here."

"And who are you?" he asks me.

I'm surprised by this question. It's the second time someone has asked that this morning.

"My name is Alice Hunt. I'm watching Madame Daguerre's dog…"

"Is Marie already gone?" he said, cutting me off.

This postman is really very nosy. But maybe it's normal in a little village in Provence. Everyone knows each other here.

"Do you want to leave the package for Madame Daguerre here?" I say to him.

The postman carefully hands me the package.

"Sure. Tell her that Xavier… Xavier Giraud came by."

Now I notice that there's a strange smell in the kitchen.

I discreetly look under my shoes. Did I step in dog poop in the garden? I do a quick check. No. The soles of my shoes are clean.

Maybe the smell is coming from the package the postman brought.

"Do you know what's in this package?" I ask him.

"I think it's cheese," he answers.

"Cheese?"

The postman pets Jean Baptiste's head. The dog is happy. I find that a bit weird. Normally dogs don't like postmen, in fact, they hate them.

"Marie has a bad habit of buying her cheese from all over France," he says.

"Really?"

"I've told her a thousand times that she should buy cheeses from the area, like the Tomme de Provence or the goat cheese from Mont-Ventoux," he says. "But she doesn't want to listen to me. She's as stubborn as a mule."

The odor in the kitchen is more and more intense.

"What type of cheese can smell so strong?" I say, breathing only through my mouth.

The postman puts his nose on the package.

"That is a Munster," he says after thinking about it, "a Munster from the south of the Vosges."

"You're really good. I'm very impressed. You manage to recognize the type of cheese and where it's from. Bravo!"

"In fact, I recognized the region from the sender's postal code. I've been a postman for 20 years. My father was a postman before me. I know a lot of things, you know..."

The postman puts the package on the table and looks at his watch.

"Well, before I go," he says, "I'm going to take a few basil leaves in Marie's greenhouse."

And he winks at me, then disappears into the garden.

CHAPTER 15 EXERCISE

Alice meets Saint Christol's postman. The postman comes with a package for Marie. And the package smells really strange.

Can you conjugate the verb "sentir" (to smell) in the present and the future?

In the present indicative

je sens - *I smell*
tu sens - *you smell*
il sent - *he smells*
nous sentons - *we smell*
vous sentez - *you smell*
ils sentent - *they smell*

In the future indicative

je sentirai - *I will smell*
tu sentiras - *you will smell*
elle sentira - *she will smell*
nous sentirons - *we will smell*
vous sentirez - *you will smell*
elles sentiront - *they will smell*

CHAPTER 16

I look at the fig on the kitchen table. I'm salivating. I pick up the little sweet fruit to finally pop it in my mouth... but right then, I hear a knock at the door.

"Again!"

I put the fig back on the table.

"Who is it?" I ask before I open.

"It's Raphael. I'm a friend of Marie."

I open the front door. In from of me is a very tall man with a mustache. He's wearing an orange t-shirt and white shorts.

"It smells a little weird in here," he says to me.

I show him the package on the kitchen table. He immediately understands.

"Marie and her cheeses!" says Raphael, smiling.

Raphael carefully picks up the package. He opens the kitchen window and puts the cheese outside. He quickly closes the window before the flies get in the kitchen.

I notice that Raphael is wearing the same shoes as the postman, but his are red.

"Are you looking at my shoes?" he asks me, smiling.

"You're right. I'm sorry," I tell him. "What are these types of shoes called? I saw them recently on someone else."

"They're espadrilles, typical southern French shoes," he tells me. "Are you the American? Are you watching Marie's dog?"

"Yes. Hello. My name is Alice."

I remember Marie said that Raphael was sick. He doesn't look sick at all. To the contrary, he seems to me to be very healthy.

"Welcome to Provence," he says to me. "You'll love the village and its lavender fields..."

"I can't wait to visit the area."

"You'll also love the house," he continues. "It's very quiet."

I don't know if I agree. The house is not quiet. Within ten minutes, three men, Jules, Xavier and Raphael, came to Marie's house.

"Where do you live in the United States?" Raphael asks me. "You speak French very well."

"I live in Houston, Texas."

"Texas!" he says. "I would really like to visit Dallas. It's my dream..."

He wants to visit Dallas! Marie's friend is a little strange.

"I need some basil," he says to me. "I'll go get some in the greenhouse."

And he winks, then disappears into the garden. I'm starting to wonder if basil is the code name for marijuana.

CHAPTER 16 EXERCISE

Alice meets Raphael. Like the postman, Raphael wears espadrilles, typical southern French shoes.

There are other types of typical French shoes. Do you know them? Answer with true or false.

1. Clogs are wooden shoes. **True**
2. Charentaises are high-heeled shoes. **False**
3. Rubber boots come in handy when it's raining. **True**
4. *Santiags* are cowboy boots. **True**
5. The word *pompes* is slang for "shoes." **True**
6. Flip-flops are the perfect shoes for walking in the mountains. **False**

CHAPTER 17

Now there are three men in the garden!

I look at the fig on the kitchen table. I'm salivating. I take the little fruit to put it in my mouth, but right then, I hear yelling in the garden.

"Help! Help!"

"Somebody help! Somebody help!"

I recognize Jules Panisse's and Raphael's voices. I rapidly go into the garden.

"What's going on?" I ask.

On the ground, next to the greenhouse, there's a cap. I come closer. I see two hairy legs and yellow espadrilles. It's the postman! He's lying on the ground. I get a little closer and I notice that he has blood on his head.

Raphael looks at me.

"I think... that he's... dead," he says. "How... awful!"

"Lord have mercy!" adds Mr. Panisse. "He was so young and so nice."

Mr. Panisse is calm.

"But what happened?" I ask him. "Did you see anything?"

"I saw absolutely nothing," replies Jules. "I was simply gathering figs at the far end of the garden."

I notice that Jules Panisse still has his fruit-picking stick in his hands.

"And you?" I ask Raphael.

"I didn't... hear anything...," he says. "How... awful!"

Jules digs in his pockets.

"I'll call the police," he says, pulling out an old mobile phone.

Ten seconds later, I hear noise in the house.

"Are the police already here?" I ask, impressed by the efficiency of the French police.

I run into the house. And in the kitchen I find Marie with her suitcase.

"Marie?" I yell, surprised to see her. "You're here? You didn't leave?"

"The bus didn't come," she says, aggravated. "I waited for two hours. There's another strike, for sure!"

I grab Marie by the arm.

"Marie, something horrible has happened," I tell her. "A man is dead."

"Where?"

"A man is dead in your garden."

Marie shrieks. Her suitcase falls to the floor.

"A dead man?" she says, "Where? Why? When? How?"

"Follow me. He's next to the greenhouse."

CHAPTER 17 EXERCISE

Alice tells Marie that there's a dead man in her garden.

Find the translation of these objects that are found in a garden.

1. une tondeuse à gazon :
a) a lawn mower

2. un râteau :
b) a rake

3. une charrette :
a) a wheelbarrow

4. une pelle :
b) **a shovel**

5. un sécateur :
c) pruning shears

CHAPTER 18

Marie is sitting on the ground next to the postman's body. She's stroking his cheek. She's crying.

"My Xavier... my fried zucchini flower... my stuffed eggplant... my *pissaladière* with no anchovies..."

Raphael lays his hand on Marie's shoulder.

"He's in heaven, my dear."

I leave Raphael, Marie, Jules, and the postman in the garden and go to the kitchen.

For the third time today, I grab the fig on the kitchen table.

I haven't eaten anything since last night. I need sugar. I

bring the fruit to my mouth. But before I can taste it, I hear someone energetically knocking on the door.

"Who is it?" I ask angrily.

"Police! Open the door!"

I set down the fruit and rush to open. In front of me, there's a man in pink pajamas. He's wearing blue slippers on his feet.

"What's going on here?" the man asks me.

Seeing my surprised expression, he adds:

"I'm commissioner Mimosa. I live in the village, next to the church."

"But... but you're in pajamas, Commissioner," I tell him.

"I didn't have time to get dressed, Ma'am. I came as quickly as possible."

"Follow me to the garden, Commissioner. There's been a horrible accident."

The policeman follows me. We quickly cross through the living room and arrive in the garden.

Hearing us approach, Marie, Mr. Panisse, Raphael and the dog turn their heads in our direction.

Only the postman stays still. That's normal, because he's dead.

"Don't touch anything," orders the policeman. "Maybe this is an accident, or maybe a murder!"

The policeman looks at the ground carefully. He makes strange little noises like little snake hisses. He stops. He walks in ever-closer circles around the postman's body. Then, he stops again.

"Now this is interesting!" he says, looking at the ground, then the roof of the house, and the ground, and the roof again.

He takes a Kleenex from his pajama pocket and he picks up an object on the ground.

"What a horrible fate!*" he yells.

Jules gets closer to him.

"Is there a problem, Commissioner?" asks the old man.

"A big problem, indeed," replies the policeman. "It's not an accident. It's a murder. The postman was killed!"

---

* "C'est la tuile" literally means "it's the roof tile." But it's also a French interjection that means an unfortunate event that occurs unexpectedly and cannot be avoided has happened.

Just then, the church bell rings ten times.

CHAPTER 18 EXERCISE

In chapter 18, Alice meets commissioner Mimosa.

Find the right verb for these sentences:

1. Le commissaire **est** un homme original.
The commissioner is an unconventional man.

2. Le commissaire **porte** un pyjama rose.
The commissioner is wearing pink pajamas.

3. Le commissaire **est venu** aussi vite que possible.
The commissioner came as quickly as possible.

4. Le commissaire **observe** le sol avec attention.
The commissioner carefully observes the ground.

5. Le commissaire **a sorti** de la poche de son pantalon de pyjama un mouchoir en papier.
The commissioner took a paper tissue out of the pocket of his pajamas.

CHAPTER 19

We're in the living room. Raphael, Jules and I are sitting on the couch. Marie prefers to remain standing. She doesn't want to have her pants covered with dog hair.

On the coffee table next to the candies from Aix-en-Provence, we can see the crime weapon: a roof tile.

Still in his pajamas, the policeman is pacing in front of us.

"The postman was killed," says the policeman. "It's obvious. He took a Provençal roof tile to the apple."

"To the apple?" I ask, surprised. "Do you mean to the head?"

"The apple, the pebble, the pumpkin, the head, same thing!" he says to me, annoyed.

The policeman scratches his crotch. I think it's to help him think better. I've seen a lot of Frenchmen make this gesture to concentrate.

From the French doors, I can see the postman's hairy legs and pretty yellow espadrilles.

I'm ashamed to say it, but right at this moment, I'm not thinking about the poor postman for even a second. Right at this moment, I'm wondering if I should buy a pair of espadrilles before I leave for Houston. They're really the perfect shoes for summer in Texas.

"How do you know it's not an accident?" asks Marie. "After all, it rained last night. A tile could have slipped off the roof."

The policeman gives Marie a superior look.

"It's obvious, ma'am. Nothing could be simpler. There's not a single tile missing from your little house's roof."

The commissioner looks at us one by one.

"Now, a much more important question," he adds. "Who wanted to kill the postman?"

"Maybe an angry resident of the village?" suggests Jules. "Sometimes people get angry with letter carriers because a letter never comes."

"That's... true," says Raphael. "Sometimes, you have to... wait... for days... for weeks... for a... letter... to come. And sometimes... the letter never comes... it's... frustrating."

I notice that Raphael is speaking slowly. It's too weird. I wonder if Raphael didn't consume a little too much basil when he was in the greenhouse.

"I agree. Letter carriers aren't always efficient, and that can be extremely frustrating," adds the policeman, "but is that enough of a reason to kill a postman?"

CHAPTER 19 EXERCISE

The commissioner found the crime weapon. It's a Provençal roof tile.

What about you? Can you find the 5 faults in the text?

The corrected text is below, with the corrections in **underlined bold**.

Le policier regarde le sol avec attention. Il fait de **petits** bruits étranges comme de petits sifflements de vipère. Il **s'arrête**. Il marche en cercles de plus en plus rapprochés autour du corps **du** facteur. Puis, il s'arrête une nouvelle **fois**.

Il sort de la poche de **son** pantalon de pyjama un mouchoir en papier et ramasse un objet par terre.

The policeman looks at the ground carefully. He makes strange little noises like little snake hisses. He stops. He walks in ever-closer circles around the postman's body. Then, he stops again.

He takes a paper tissue from the pocket of his pajama pants and picks up an object on the ground.

CHAPTER 20

Now I notice that Raphael's eyes are very red and his pupils are dilated.

"I... think...," he says, "I... think I... know... who... killed... Xavier."

"Really?" says the policeman. "Tell us."

"When... I... arrived... at... the... garden...," he started, "I..."

The commissioner looked impatiently at Raphael.

"Talk a little faster, my friend! At that speed, we'll still be here at Christmas."

But Raphael isn't listening. He's looking at the box of candies sitting on the coffee table.

Raphael grabs the box, opens it, and starts devouring the candies, two at a time.

"I... love... calissons... from Aix," he says, his mouth full.

"He's crazy," says Jules, shrugging his shoulders.

"I... saw...," Raphael restarts, "I saw... a... person... on... the roof of the house."

"Very good," said the commissioner impatiently, "and this person? Who was it?"

The commissioner rubs his hands. He's certain that the crime will be resolved before eleven o'clock this morning and that he'll be able to go back to bed. He's already imagining the Sunday paper in his right hand and a croissant in his left hand.

Raphael puts five more candies in his mouth.

"So?" says the commissioner. "Out with it! Is it gonna be today or tomorrow? Who was on the roof?"

Raphael looks at the box of calissons from Aix. It's empty now.

"Oh, no...," he weeps. "There's no... more... candies."

"If you tell me who was on the roof this morning," says the commissioner softly, "I'll give you another box of candy."

Raphael looks at him lovingly.

"For... real?" he asks.

"I promise," says the policeman. "So, who was on the roof?"

Raphael makes a large effort to concentrate.

"It's... hard... to... say," says Raphael. "I had... the... sun... in... my eyes. But... I... saw... a silhouette... with... a hat."

"A silhouette with a hat," repeats the commissioner to encourage Raphael. "What kind of hat?"

Raphael thinks for a moment.

"A... A... A... A... cowboy hat," he says.

Right at this moment, all heads turn towards me.

CHAPTER 20 EXERCISE

Raphael slowly explains that he saw a person on the roof of Marie's house.

Like Raphael, take your time and perfectly conjugate the verb "*porter*" in the present perfect (passé compose) and the imperfect (imparfait).

Passé composé:
j'ai porté - *I carried*
tu as porté - *you carried*
il a porté - *he carried*
nous avons porté - *we carried*
vous avez porté - *you carried*
ils ont porté - *they carried*

Imparfait:
je portais - *I carried*
tu portais - *you carried*
elle portait - *she carried*
nous portions - *we carried*
vous portiez - *you carried*
elles portaient - *they carried*

CHAPTER 21

"A silhouette with a cowboy hat! Now that's interesting," says the commissioner, looking at me. "Ms. Hunt, do you have something to add?"

"For your information, I never wear a cowboy hat. And I didn't kill anyone. And *I* am not the murderer."

"Maybe in Texas, people are used to killing mailmen," he say, "Does Ms. Hunt fancy herself to be John Wayne?"

The commissioner is now thinking he has an international crime on his hands. He can already see the headlines in the newspapers: Texan Kills Mailman in a Small Village in Provence. Courageous Commissioner Mimosa Arrests Woman Postman-Killer. Or for a play on words, Texan Goes Postal.

The commissioner quickly looks in the garden to verify if the postman's body is still there.

"Ms. Hunt, what did you do this morning? What was your schedule?"

"This morning, I had my tea. Then I talked with Mr. Jules in the garden, and then I talked with the postman in the kitchen. Several minutes later, Mr. Raphael knocked on the door and I talked with him, too, in the kitchen."

"Is that all?"

"No, that's not all," I say angrily. "I also tried to eat a fig!"

The commissioner starts to walk around the living room.

"I'm sorry. You were seen on the roof of the house, Ms. Hunt. Everything indicates that you are the murderer."

"What do you mean, everything?" I say in disbelief. "You can't believe Raphael. He doesn't know what he's saying. He's not in his normal state. He took some..."

"What did he take?" asks the commissioner.

Marie gestures to me to stop talking.

"What the American means," she says, "is that Raphael is a little sick at the moment and he took some... some aspirin."

"I... know... very well... what... I saw," says Raphael before going to sleep on Mr. Panisse's shoulder.

I look at the policeman.

"Do you have any other proof before you accuse me of being the murderer?"

The commissioner thinks for a few moments.

"Of course," he says. "First, Saint Christol, our pretty little village in Provence, is normally very quiet."

"That's true," says Jules.

"The last crime was on..."

"The last crime was on July 19th, 1960," adds Jules.

"It's been a long time, a very long time," the commissioner continues, "since anything has happened here, other than a few bicycle thefts. And then the day after you get here, a man is killed. Is that random? I don't think so, Ms. Hunt."

"I don't think so either," adds Jules.

"Ms. Hunt," says the policeman, "you are the murderer. I would bet my life on it."

The commissioner is satisfied with his conclusion. He scratches his belly and smiles. An American accused of murder in his village. What a story!

He imagines himself being interviewed by New York Times journalists. Maybe even his picture will be on CNN and, why not, on the cover of Time Magazine. It's so exciting!

"And for what reason would I have killed the postman?" I ask.

"That's the problem. I have no idea," replies the commissioner.

CHAPTER 21 EXERCISE

The last crime in the village of Saint Christol took place on 19/07/1960, the nineteenth of July, nineteen sixty.

In France, when writing dates as numbers separated by slashes, we first write the number for the day of the month, then the number for the month, then the year.

Can you write these (*French-style*) dates out into words?

02/06/1935 :
le deux juin mille neuf cent trente-cinq
17/12/1945 :
le dix-sept décembre mille neuf cent quarante-cinq
22/01/2024 :
le vingt-deux janvier deux mille vingt-quatre
19/02/1920 :
le dix-neuf février mille neuf cent vingt
12/09/2020 :
le douze septembre deux mille vingt
29/03/2025 :
le vingt-neuf mars deux mille vingt-cinq

CHAPTER 22

I repeat my question.

"And for what reason would I have killed the postman?" I ask.

Marie, who stayed quiet up to now, starts to speak.

"I know," she says. "Ms. Hunt comes from Texas..."

"So what?" I ask her.

"Ms. Alice Hunt lives in Texas," she adds. "We know the mentality of Texans!"

"And what is the mentality of Texans?" I ask angrily.

Marie moves closer to me.

"They're backwards and conservative," she says. "They're attached to values from the past."

"That's just not true!" I say.

"This morning," Marie continues, "Ms. Alice Hunt met Raphael and Xavier... my two lovers."

"The postman was your boyfriend?" I ask, surprised.

Marie gets even closer to me. Now I can smell her perfume, a mixture of lavender and goat cheese.

"Xavier, Raphael and I have an open, non-exclusive relationship. We're polyamorous."

"Polyamorous?" asks the commissioner, interested.

Marie puts her hand on my shoulder.

"The Texan couldn't stand our love triangle!"

"You're just talking nonsense," I say. "I didn't even know that the postman was your boyfriend. Plus, I have absolutely nothing against love triangles."

The commissioner looks at me now with stars in his eyes.

I don't know what to do. How can I prove my innocence? I have to say something, and fast!

"As for me, I think that Marie is the murderer!" I say.

"Really?" say Jules, commissioner Mimosa and Marie at the same time.

Raphael opens one eye.

"A cowboy... hat... and... a pink elephant... on the roof," he says before going back to sleep.

I get up from the couch.

"Marie killed the postman because..."

"And why would I have killed Xavier?" she cuts me off.

I walk around the living room, my hands behind my back.

"Because he was against the cheese you were buying. He wanted you to buy cheeses from the area."

I look Marie in the eyes.

"French women will kill for cheese," I add.

Marie shrugs her shoulders.

"That's ridiculous. It doesn't hold up," she says. "It makes no sense. It's completely stupid."

"True. I agree with Ms. Daguerre," adds the commissioner, perplexed. "It makes no sense."

Marie puts her hands on her hips.

"Do you have any proof?" she says.

In the ashtray on the coffee table, I see a little olive leaf. That gives me an idea.

"The leaf... Because of the rain that night, the ground of the village square is covered in mud and leaves."

"Unfortunately, that's true," says the commissioner, looking at his dirty slippers.

"I'm sure that the wheels on Marie's suitcase are clean, because Marie never crossed the village square. She stayed home. She left her suitcase in the garage and went up on the roof to throw the roof tile onto the poor postman's head."

"There's only one way to know," says the commissioner.

He quickly walks across the living room, with one hand holding his pajama pants.

"Holy Pastis with no ice!" he says from the kitchen.

He comes back ten seconds later.

"Sorry, Ms. Hunt, but your theory doesn't work. The wheels on Marie's suitcase are dirty," he says. "They're covered in mud and leaves."

"Nice try," says Marie, looking at me.

The commissioner rubs his hands.

"Ms. Hunt," the policeman continues, "I'm going to ask you to follow me to the police station."

CHAPTER 22 EXERCISE

Raphael caught a glimpse of a person with a cowboy hat on the roof of Marie's house.

Complete these sentences by writing the verbs in the present perfect (passé compose).

Exemple : Marie <u>a fait</u> sa valise pour partir à Barcelone.
Marie packed her suitcase to leave for Barcelona.

1. Alice a essayé plusieurs fois de manger une figue.
1. Alice tried several times to eat a fig.
2. Raphaël est allé dans la serre chercher du basilic.
2. Raphael went to the greenhouse to get some basil.
3. Le facteur est mort dans le jardin.
3. The postman died in the garden.
4. Jean-Baptiste a mangé un bout de fromage hier soir.
4. Jean Baptiste ate a piece of cheese last night.
5. Le commissaire est arrivé en pyjama rose et en chaussons.
5. The commissioner arrived in pink pajamas and slippers.
6. Jules Panisse a écrit un livre de recettes.
6. Jules Panisse wrote a recipe book.

CHAPTER 23

"Ms. Hunt, I'm asking you to follow me to the police station," the policeman repeats.

"OK but give me a little bit. I have to take my clothes. They're in my room."

"I'm giving you five minutes to pack your bag. Not one more."

I dash up the stairs. Marie, Jules, the commissioner and the dog watch me go.

In my room, I quickly pack my bag. I look everywhere to make sure that I didn't forget anything. Suddenly, my eyes land on the recipe book on the nightstand.

I stop for a moment in front of the book. I open it and I read the first pages of the book.

I hear the commissioner.

"Is your suitcase ready, Ms. Hunt?" he yells to me from the living room.

"One minute, I'm coming."

I go down the stairs without my suitcase, but with the recipe book under my arm.

"Are you ready?" the commissioner asks me.

I look him in the eyes.

"Yes, I'm ready. I'm ready to tell you who killed the postman."

Marie shrugs her shoulders.

"Again! I already heard those words earlier," she says.

"But this time, it's true!" I say.

I open the recipe book and read aloud.

"Here is what Jules Panisse wrote on page 8. 'I had a happy childhood until my mother died. My mother, Barbara Panisse, was an excellent cook. Her specialty was ratatouille. People came from all over France to eat her cooking...' "

Jules Panisse's face turns red, then white. I continue to read.

" 'Unfortunately, on July 19th, 1960, my mother died, run over by our village's postman. I was 15 years old.' "

The commissioner looks at me.

"And today, it's July 19th," he shouts. "It's strange."

I close the recipe book.

"I'm sure that Mr. Panisse is the one who killed the postman!"

"But why?" asks Marie.

Mr. Panisse looks at us.

"Alice is right. I'm the one who threw a roof tile at the postman's head."

"But why?" Marie repeated in a louder voice.

CHAPTER 23 EXERCISE

During her insomnia, Alice read a few chapters of Jules Panisse's recipe book.

Barbara Panisse, Jules's mother, was famous for her ratatouille.

Translate into English the name of these foods. What are the three that are not found in ratatouille? **They are in bold.**

1. une courgette → a zucchini (US) / a courgette (UK)
2. une aubergine → an eggplant (US) / an aubergine (UK)
3. un oignon → an onion
4. **un avocat → an avocado**
5. une tomate → a tomato
6. un poivron → a bell pepper (US) / a pepper (UK)
7. **un ananas → a pineapple**
8. **un pamplemousse → a grapefruit**

CONCLUSION
THE NEXT DAY AT COCKTAIL HOUR

W e're all in the garden. The cicadas are singing. The wind is lightly blowing. The air smells sweet with lavender. The sun is setting behind the lemon trees.

The commissioner takes a long sip of rosé.

"It's so good!" he says. "I could drink it all day."

"Was Mr. Jules Panisse arrested?" asks Marie.

"Affirmative," says commissioner Mimosa. "He admitted everything."

Thank God the policeman isn't in pajamas anymore. He's wearing jeans and a pretty blue and white t-shirt. On the back of his t-shirt it says Olympique de Marseille. And of course, he's wearing white espadrilles on his feet.

Raphael raises his glass and pours several drops of wine on the ground.

"For Xavier," he says. "May his soul rest in peace."

"For Xavier," Marie adds sadly, performing the same ritual.

I take a beautiful fig that's on the table. This time, nobody is going to stop me, and I'll finally be able to eat it.

"Do you have figs this good in Texas?" Marie asks me.

"They're rare, but they do exist," I reply.

"It's like progressive Texans," Marie adds. "They're rare, but they do exist!"

It's the commissioner's turn to raise his glass.

"I would like to thank Alice!" he says. "Thanks to you, Ma'am, we quickly resolved this murder. You are more perceptive than Clint Eastwood and John Wayne put together."

Raphael applauds. Marie signals to him to stop. She would like to speak.

"But why did Jules want to kill Xavier?" she asks. "Xavier wasn't born in 1960. He's not the one who killed Barbara Panisse."

I take the notebook from my pants pocket.

"Yesterday morning, I went to the library and I did some research in old newspapers from Saint Christol. On July 19th, 1960, the postman who caused the accident was named Marcel Giraud. He was Xavier's father."

"Xavier's father!" cries Raphael.

"Jules was a young boy at the time. He couldn't get revenge. He patiently waited for the perfect moment."

"Quite the story!" the commissioner added.

Raphael raises his hand like a student who found the correct answer.

"Jules chose the anniversary of the accident to commit his crime."

"And he took advantage of there being an American at my place," Marie adds. "He wanted to saddle her with the blame!"

Raphael finishes his glass of rosé.

"But how did he throw a roof tile at the postman's head? He was at the other end of the garden."

"Mr. Panisse used his fruit-picking stick to throw the

Provençal roof tile," said the commissioner, making a large gesture with his right arm.

"Like a lacrosse player," I say.

"La.. what?" the commissioner asks.

"Lacrosse. It's a very well-known sport where I live," I reply.

Everyone looks at me without understanding.

"I've never heard of that sport," says the commissioner. "Here, it's pétanque or soccer, and nothing else."

"I'll explain it. The sport of lacrosse is played with a little ball that you throw using a stick and..."

I quickly notice that nobody is listening to my explanation. So, feeling offended, I eat a fig.

This morning, Marie told me that she canceled her vacation to Barcelona to stay with me. She offered to show me around the area in order to make up for accusing me. I gladly accepted her offer.

Raphael puts a little glass pot filled with a green sauce in front of me. He looks at me, smiling.

"Alice, this is for you."

"What is it?" I ask suspiciously.

"It's a sauce called pistou. It's a typical Provençal sauce with a lot of basil," he says, winking at me. "You want to try some?"

THE END

About the Author

France Dubin lives in Angers, France. She has taught French for more than ten years to students of all ages.

She decided to write books in easy French so that her students could read in French by themselves or with only a little help.

She loves to hear from her readers, and she enjoys speaking at French book clubs. Here are ways to keep in touch:

Send an e-mail to francedubinauthor@gmail.com.
Join her mailing list at francedubin.com.

instagram.com/books.in.easy.french
youtube.com/francedubin
facebook.com/FranceDubinAuthor
linkedin.com/in/francedubin